时 差

郭峻峰 / 著

长江出版传媒 | 长江文艺出版社

图书在版编目（CIP）数据

时差 / 郭峻峰著. -- 武汉 ：长江文艺出版社，
2024. 8. -- ISBN 978-7-5702-3725-8

Ⅰ . I227

中国国家版本馆 CIP 数据核字第 20247D78Z8 号

时差

SHICHA

策划编辑：汪其飞	摄　影：郭峻峰
责任编辑：王成晨	责任校对：毛季慧
封面设计：蒋宏工作室	责任印制：邱　莉　王光兴

出版：长江出版传媒　长江文艺出版社
地址：武汉市雄楚大街 268 号　　邮编：430070
发行：长江文艺出版社
http://www.cjlap.com
印刷：湖北新华印务有限公司

开本：710 毫米×1000 毫米　　1/16　　印张：15.125
版次：2024 年 8 月第 1 版　　2024 年 8 月第 1 次印刷
行数：3953 行

定价：58.00 元

怀揣美意与火焰而写作

——序郭峻峰诗集《时差》

三色堇

在持续高温的夏日，我收到诗人郭峻峰递来的他的新诗集《时差》的手稿，这是诗人郭峻峰的第四本诗集。好多年没有关注他的文字了，我惊奇地发现，他的作品有了质的飞跃，在阅读的过程中给了我更多的思考与停顿。在闷热的午后，我听到了另一种声音的呼啸。他的书写多以短诗见长且题材广泛，无论是隐秘的情感或者是对生命的彻悟，都来自作者的经验本身，当然我并不排除还有他对现实场景的即时触及。我从这些诗歌中能感觉到，他一直做着执拗的努力。

他的诗歌干净、质朴、细腻、明澈，又饱含深情。在他的书写结构中没有华丽的词语，他遵循着生活的秩序而书写，他呈现给我们的是愉快的阅读，让你本能地趋近他的语言磁力。他写古城，"穿越用一碗面的长度/丈量家与天堂的距离"，这是一种最真实、可信的感受。这种诗写自成秩序，自有境界，仔细倾听，是诗人的心在吟唱……

在诗歌的书写中，细节的呈现是非常重要的。诗歌要有细节与情节，细节一定是附着在情节之上的，有情节的呈现与冲击力。细节的生动，意象的经营，内敛又有节制的情感，以及对人生的深入理解、高妙的想象力，恰恰是一位成熟诗人的品格。郭峻峰的这首《圣乔治教堂》就很好地体现了细节的戏剧性。

"从蓝色基调的拱形彩绘/窗户正前是圣像/透过天光，嘉德骑士的荣耀/被固定在墙上/悬挂着盔甲、佩剑和旗帜//哥特式的建筑/黑色的木质雕刻/就是历史沉重的刻痕/天光渐渐退去，看不见阳光中飞舞的尘/那天刮着暴风雪，查理一世/被埋葬在唱诗班的地下墓地//每支蜡烛，已经通上现世的光明/静穆20分钟，回到充满一切的安宁/礼拜的声音，圆润抵达大不列颠历史/每个角落，抵达我的内心"。诗歌的开端就把读者带入了他营造的一个很强烈的画面之中，让读者一下子就进入了诗歌的内部。

　　一首诗要把叙述与抒情结合得恰到好处，如果抒情离开叙述就会显得虚而空泛，细节是活在语言中的，如果一首诗不具备细节与张力，那么便失去了灵魂。郭峻峰在这本诗集中有关于国外异域风情的大量呈现，都很好地把握了汉语的书写魅力以及人与自然的关系，将之表现得美好而动人。沉稳的书写能力赋予了文本诸多的言外之旨。郭峻峰无论是写亲情，写友情，或者写是人生旅途中的风景，皆有动人之处，有无法掩饰的灵性与个体生命的经验，并寄托了生命中最珍贵的情感与最深刻的热爱。也许正因如此，他的作品总会让你感受到真情和真诚，人生的经验与内心的感悟被他演绎得情真意切。你会被他的词语一次次照亮又一次次触动！会迫不及待地奔向他的所指……

　　我在阅读郭峻峰的作品时，为他能时时反映出其诗学的直觉而感到欣慰。正如阿什贝利所说，"我为自己而写，但不是用自我陶醉的方式"，郭峻峰是一个具有精神向度的作者，也是一位值得期待的诗人！我更愿意看到一个怀揣美意与火焰的诗人。我始终认为，生命中有悠扬婉转、有古道柔肠、有深情厚谊的人，一定是一位真诗人，这已不仅仅是语言的修炼，更是一种精神气质！

2024年7月于长安仲夏

　　三色堇，本名郑萍，山东人，写诗，画画，现居西安。中国作家协会会员，陕西省文学院签约作家，陕西省美术家协会会员。获得多种奖项，出版诗集五部。

>

contents
目录

第一辑　生活图集

雨天 // 003

木兰花玉簪的穿越 // 004

纪念日 // 005

倒时差 // 007

无题 // 008

茶与咖啡 // 009

夜里 // 011

北京的清晨 // 012

罗平印象 // 014

CS 游戏 // 016

音乐断想 // 017

喷泉的水 // 019

琪琅坑 // 020

跑步短章 // 021

马拉松 // 023

梧桐树 // 025

母亲节登午潮山 // 027

落叶和流星 // 028

怀抱 // 029

我的生日是白色的 // 030

致敬，老师 // 031

聚会 // 032

不老奇事 // 033

八百 // 034

兰心大剧院 // 035

偏头痛 // 036

魔术·人生·领导力 // 037

道场 // 040

觉察 // 041

姗姗而行（组诗）// 042

次第花开 // 047

第二辑　胡思乱弹

时差 // 051

微观世界 // 054

探春 // 056

度脱 // 057

3D 打印机遐想 // 059

给自己一个梦想 // 062

名义 // 064

清晨，被清脆的鸟啼声唤醒 // 065

画 // 066

目标 // 068

光阴的故事 // 069

杆的故事 // 071

悬崖边的人 // 072

网 // 074

奇点 // 075

影子 // 076

当天真遇见世故 // 077

演戏 // 079

剧本 // 081

读诗短章 // 082

我们的征途是星辰大海 // 085

梦境 // 086

喝酒 // 087

其实我知道…… // 088

舞步 // 090

爱的理由 // 091

在外公坟前写诗 // 092

胡子 // 094

读诗短章 // 095

稻草 // 098

给儿子 // 099

我生活在当下，不再等待 // 100

除夕感怀 // 101

梦魇 // 103

我与我的…… // 104

脉轮七章 // 106

致敬佩索阿 // 109

死亡 // 111

一块石头 // 113

我是不同的我 // 115

除了燃烧，我别无选择 // 116

新的一年 // 117

逃逸 // 118

我来自…… // 119

无限的游戏 // 120

成长 // 122

排队 // 124

第三辑　大美河山

玛吉阿米 // 127

大昭寺 // 128

海拔 // 129

北温泉 // 130

大奇山源头 // 131

印象西湖 // 134

黄色想象 // 136

中卫即景 // 137

在腾格里沙漠看星空 // 140

渴盼向西 // 142

海子山 // 143

尊胜塔林 // 145

高反 // 146

海子山机场 // 148

礁溪 // 149

野柳地质公园 // 150

翠湖的红头鸥 // 151

又见平遥 // 152

对话 // 153

山路 // 156

四月的凤栖湖 // 158

响沙湾的沙 // 159

第四辑　异域风情

圣乔治教堂 // 163

在波兰过中秋夜 // 164

教堂音乐会 // 165

维耶利奇卡盐矿 // 166

细雨天的清晨，沿着老城走走 // 168

漫步在塞纳河畔 // 170

凡尔赛宫 // 172

登埃菲尔铁塔 // 174

山的色彩 // 175

登山 // 178

汤加 // 180

希瓦 // 182

流浪狗 // 183

上帝的语言 // 185

时光尽头的恋人 // 187

丹尼·柯林斯 // 189

我跑着，在伦敦的街头 // 190

斯里兰卡 // 191

童话世界 // 193

住在树上的艺人 // 194

神的舞蹈 // 198

佛在 // 199

佛像 // 201

蒙古行 // 202

异乡 // 204

哈格帕特修道院 // 205

第五辑　北极北欧

让我们出发，去北极 // 209

秋分 // 210

时钟和罗盘 // 211

北极点 // 212

哈尔格林姆斯大教堂 // 213

我整夜睡在北冰洋的波涛上 // 214

生活就是奇遇 // 216

冰海巡游 // 218

北极冬泳 // 219

冰山 // 222

冰岛一号公路 // 223

卑尔根 // 225

博尔贡木板教堂 // 226

挪威峡湾 // 227

挪威的雨 // 228

63 号公路 // 229

64 号公路 // 230

后记　时差，人生永远的命题 // 231

生活图集

雨　天

雨，渐渐停了
屋里心绪流动
人们，远远地走来

这是一个雨天
在一个城市的角落
春天的种子
以火苗的形式
开始在每个年轻人的心里燃烧
爆破

初夏，翠绿浓厚
雨，洗净了这个夏天
阳光，慢慢出来，明媚艳丽
新的脚步，从这里出发

2013 年 6 月 30 月

木兰花玉簪的穿越

时间是轮回的抑或是直线的

当我们穿越了这个故事

直线的时间被打了结

一只被困在玻璃瓶的蚂蚁

明知道光的存在，却找不到轨迹

"行到水穷处，坐看云起时"

是九子争嫡的密码

也是木兰花玉簪爱情的暗语

却是一道人生解不开的符咒

有些事由你开始，不由你结束

纵使知道每个贝勒爷的命运

仍找不到若曦的命运咒语

那些被历史遗漏的爱情

一样找不到十全十美的答案

木兰花玉簪，碎了

葬身于纸冢和飘零的爱情

2013 年 7 月 3 日

注：2013 年 7 月 2 日晚参加浙江艺术职业学院 2013 届小百花越剧班毕业汇报演出《步步惊心》，记之。

纪念日

寻找或失去什么，在一切流动的时光
光洁的皮肤和年轻的贞洁，在这个夜晚
压在心底的暗慕，化为月光下的梦游
悄悄回家

岁月的流水从快车道的下水道流走
没有人关注，那些看不见的初恋
一夜逞能的热情，成为成长的青石板

音乐骤停，外面的声音扑入耳鼓
孔雀东南飞，缠绵悲伤的故事
等待重新开始的旋律，拯救
沉溺醉酒的梦歌，重新起航

掀开散落臂膀的青丝，少女羞涩的感情
轻轻的鼻息，是信任的宁静
放在胸口的掌心，把握自己的脉搏

转角处，红色玻璃中的影子
走进微醉的衬衫，沿着出口的箭头
寻找来时的路，过滤掉酒精

仍然是 37 度的夜晚，留下记忆

2013 年 8 月 15 日

倒时差

裁缝，把几块不同的时间
缀缝在一起
遮不住疲倦和饥饿
渐次粗糙的皮肤

静寂小舟
被旋涡惊出冷汗
在野渡，自横

2013 年 9 月 4 日

无 题

黑色的海，泛起海涛

在无边无际中，寻找海岸

海岸线中的一抹颜色

海涛拍打在海岸上，白色浪花

生命旅途中，盛开的友谊

听《广岛之恋》，突如其来的缘分

在变幻缤纷中，找到原色

橘子洲头秋色初起

湘江与浏阳河相遇，交汇

一辈子永远不能躲避的相遇

2013 年 11 月 3 日

茶与咖啡

茶叶与咖啡，在音乐桥上握手
竹笛与长笛，用同样节奏招呼
大提琴、中提琴、小提琴
二胡、琵琶、古琴
犹如口笛的银雀

竹的栅栏，围成音乐的庭院
帘子，收起又垂下
茶叶与咖啡豆灵性对话
五重奏里的白色巨塔
蓝色、橘色、红色、绿色
不同波长的味道

黑管后面，白色的精灵舞蹈
间或是大提琴的凝重
单簧管与长笛，横的竖的旋律
红色与黑色，不变的高贵
香炉烟丝飘过，淡淡的茶味

石破天惊的音乐
从四面八方压迫霸王

高昂激越的楚

2013 年 12 月 21 日

夜　里

时间退后，留下闪光的轨迹
雨水，在舷窗斜上方画出箭头
被水洗净的城市，拥抱我的回归

没有雾的高空，俯视人类文明
像黑色的紧箍咒，笼罩
城市，被发展中的魔咒击中
悬赏一道无解的悖论

光，也是一种污染，包围城市的
夜，丢失那些曾经挂在天边的玻璃弹珠
唯一的北斗星，也经常请假
在领奖台上，缺席

2014 年 1 月 7 日

北京的清晨

清晨，闹钟欢快地鸣叫
呼唤这个疲倦的城市

这个无比端庄的城市
承受比漆黑还要沉重的
朦胧，速度进入没有方向的
隧道，撞向冰山的泰坦尼克号
红灯，在建筑物的顶端闪烁
发出微弱的呼救信号，SOS

建筑物生长得太快太密集
不得不拔去倒长的骨刺
脚手架的钢管撞击出悠长的颤音
刺破一层一层密不透风的面纱
太阳，戴上防 PM2.5 的口罩
如月亮一般羞羞答答，犹抱琵琶

门口，有人在窃窃私语
真想翻身蒙上被子，继续酣睡
至少可以梦游，用一把剪子
剪出一个明晃晃的太阳

用一把笤帚扫出湛蓝的天空

闹钟，又一次鸣响
刺耳，不屈不挠拉响警报
必须砸碎那面挂在墙上的镜子
必须砸碎那扇玻璃窗，扯碎窗帘
用被朦胧虚幻的眼睛，穿越虚幻
穿越朦胧，寻找来时的路

2014 年 2 月 25 日

罗平印象

堂屋里，空无一物
一根电线，一个电饭煲
拉线开关，维系这祖孙俩
过于年少和过于年迈的生计
米缸，永远是饥饿的状态

墙壁，被烟熏火燎得发黑
床上的被子，也逐渐炭化
越来越像，一块地下的煤
他黑黑的脸庞，却书写
煤和炭一样，生活的温度

屋顶上，层层叠叠的泥瓦
日晒风吹雨淋，越来越单薄
童年的日历，被一张张扯去
连肋骨都被打磨得细细瘦瘦
又铮铮有声，像若有若无的胡须

屋外，桃花梨花油菜花盛开
密密匝匝

铺陈着春天

2014 年 4 月 5 日

CS 游戏

我瞄准，扣下扳机，突突
子弹永无止境，如
童话故事中的幸福日子
穿梭在建筑物和车辆间

震动，一条生命被击中
比天上的云，虚无轻盈
连续震动，我被击中，子弹
来自角落，似动非动的阴暗

巷战结束，游戏结束
集结在凉亭，死亡的坟墓
没有墓碑，没有墓志铭
只剩下午后明媚的阳光

2014 年 7 月 20 日

音乐断想

1

音乐流淌出来

音乐迸发出来

音乐在地上长出来

无限而不可知的情绪

2

炫耀手指的技巧

镀金岁月中的光影

生涩的音符

体现生命的张力和断续

3

清脆的铃铛穿越雄浑

酣睡，激越的旋律

尖锐地敲打乐器

一个点，包含着整个混沌

4

最后一个音符

从指挥棒上滴下

把音乐和情绪，消融

台上和台下，一片寂静

5

用清脆的声音

敲击出银色的十字架

骆驼行走沙漠的铃声

罗马教堂的钟声已越千年

2015 年 6 月 7 日

注：2015 年 6 月 7 日晚去杭州大剧院聆听杭州爱乐乐团演出的《罗马印象》，故得诗

两首。

喷泉的水

喷泉的水是有温度的
从黎明到黄昏，从正午到深夜
温度起伏，色彩从浓烈到暗淡

喷泉的水是有旋律的
清脆的铃声，教堂的钟声
鸽子飞起，画出音乐的曲线

喷泉的水是有厚度的
历史的马车从广场嗒嗒碾过
水流从来没有断过，像厚重的历史

2015 年 6 月 7 日

琪琅坑

山村，因了小溪，青翠灵动
小溪，因了山村，轻盈通透

从山村出发，沿着小溪
往山里走，连绵的大山
可以走上一天一夜

小溪边，针眼般的土地
种着玉米和红薯
他们的生活，就这样打上补丁

高山静默，溪水哗哗
农舍伫立，炊烟袅袅
日子，书写着太阳和月亮

小路，沿着溪水通往公路
县城和省城
连接过去和今天的日子

2015 年 6 月 23 日

注：琪琅坑是我小时候过暑寒假的地方，留下了我童年的回忆。

跑步短章

目标

5 千米，10 千米，半马，全马
50 千米，100 千米，100 英里
目标就像那些 8000 米高的山
无论你是否追求，它就在那儿
背负

我，像只全副武装的蚂蚁
背负着数倍于自己体重的
信任，脚步起起落落
用触角探寻，独特的味道
定位

凌晨，起来跑步
露水越来越轻
光线越来越毒
我的双腿越来越重
没有 GPS 定位，没有方向
过滤

用跑步流淌的汗水
过滤悄悄滋生的慵懒
就像晦涩难懂的术语
过滤午后书本的空乏

印迹

一个人跑步，听着心灵的
节奏，随手撒下点什么
音乐和喋喋不休的说教
用双脚留下印迹，未来的往事
梦境

18 千米过后，梦境也是酸痛的
串起一个夜晚的碎片
像一串珍珠，昨晚的足迹
显示在 App 的地图上

2015 年 6 月 24 日

注：自跑步以来，还没有认真写过跑步的诗，将几个短暂诗思连缀起来，也算了了一
桩心思。

马拉松

从比赛的角度
马拉松是 42 千米 195 米
五万多步，5 个小时
心率，步幅，步频，温度

从报道的角度
马拉松是一周的盛宴
从 Runner、体育专利
到自媒体、朋友圈、微博

从策划的角度
马拉松是一季的准备
从比赛时间、人数、路线，
到限行、医护、安全、天气

从运动的角度
马拉松是一年的轮回
从厦马、广马、北马、上马
到义马、甬马、杭马、千马

从人生的角度

马拉松是一辈子的修行

自己与自己的对话和挑战

只有开始，并无结束

2015 年 10 月 31 日

注：次日将举行杭州马拉松比赛，特预热并纪念。

梧桐树

一棵梧桐树，便是一段传奇。

春天，梧桐花儿
如紫色的铃铛，吟诵春天
碎花小伞下，你的秀发飘扬
放飞不离不弃的梦想

夏天，梧桐伫立
染绿整个森林，夏天的风
吹起你白色的连衣裙
等待来自远方的凤凰

秋天，梧桐叶落
一片梧桐叶，落满庭院
高悬的梧桐子，像你的眼睛
看时间坠落和飘零

冬天，梧桐覆雪
白色空蒙了世界
用我的躯体，做一把古琴

发出悠悠千古的桐音

2016 年 2 月 6 日

母亲节登午潮山

几弯山脊，起起伏伏，宛若人生
一路野花，星星点点，点缀山涧

没有一阶石梯，直接登临午潮亭
没有一个脚步，绵延十几里山路

没有一朵野花，开出缤纷的春天
没有一滴蜂蜜，酿成爱情的甜蜜

没有一句祝福，凝重如母亲的爱
没有一片光明，永久照亮母亲的幸福

赶快回家，陪着母亲
用光阴的丝线，织入绵密的情感

每一次春汛，来自一滴春雨
每一次雪崩，发端于一片雪花

2016 年 5 月 8 日

落叶和流星

一片落叶，离开高耸的银杏树
一片寂寞的心思，飘飘落落
一树修炼的孤独，等待春风

一颗流星，划过无垠的天际
一颗唯美的心灵，划破天幕
奔向死亡和永生的决绝勇气

一片落叶，落地的声音
和一颗流星，划破天幕的坠落
在我看来，没有两样

2017 年 1 月 8 日

怀 抱
——忆外婆

您在土地的怀抱

很安静地睡着了

我渴望蜷缩在

您的怀抱

就像紧紧攥在手中的

发黄的照片

2017 年 1 月 10 日

我的生日是白色的

云朵是白色的，因为天空老了
雪山是白色的，因为山峰老了

冰挂是白色的，因为北方老了
晨霜是白色的，因为节气老了

雾是白色的，因为乡村老了
霾是白色的，因为城市老了

我的头发白了
因为我老了
我的生日是白色的
因为列车刚刚掠过故乡

外公坟上的芦花白了
因为外公又老去一岁

2017 年 1 月 15 日

致敬，老师

一段爱的独白，日复一日
学生涌入又离去，像潮水
感动着自己，在空的教室

一首恋的回曲，萦萦绕绕
世界喧嚣又沉寂，如烟云
拨动着心弦，在三尺讲台

一幕爱的演出，旷日持久
春天放飞的风筝，系着梦想
冬日南飞的大雁，穿越天空

一出情的折子，惊天动地
黑板沉默，成长的年轮隆隆作响
粉笔平凡，世界变得越来越鲜艳

致敬，老师

2017 年 9 月 10 日

聚　会

今天雪天，勾起了记忆
从蹦极台一跃而下

昨天的你我，年少轻狂
岁月的徽记，若隐若现

想留的，永远留不住
想驱逐的，围绕着你

岁月藏在鱼尾纹里
越藏越深，捉着迷藏

喝酒半醺，拍照虚景
留一半真，留一半虚

2018 年 12 月 30 日

不老奇事

从黑白照片的 6 岁开始
一颗高粱饴的糖果
一场爆炸，爱的起点
永远延伸的铁轨和化学试剂

19 世纪 80 年代的爱
青涩纯粹如同海子的诗
找们 心中无比亲近对方
在嘈杂都市寻找青春的轨迹

视速减缓是爆炸的后遗症
让人生的光阴变速
有时快得无暇顾及摔跤
有时却让生命倏忽不见

从今天开始的每一天
视速减缓，细数芳华流逝
叠放小提琴的琴音
一颗高粱饴的糖果

2021 年 12 月 13 日

注：看电影《不老奇事》，记之。

八　百

苏州河水被分为两半

这边是赌场和戏台，十里洋场

那边是战场和军人，四行仓库

京剧舞台看真实舞台，子弹横飞

四行仓库被分为里外

里面是中国军人的血性，有死无生

外面是日本侵略者的敢死队，血肉横飞

楼顶一面迎风飘扬的青天白日旗

英雄为英雄书写

历史被历史铭记

2021 年 12 月 15 日

兰心大剧院

被裹挟进夜的风雨飘摇

明知前面是计划好的死路

不慌不忙，写下最后一封信

就像演好最后一个角色

歌德和尼采，爱和虚无

被裹挟进历史的洪流

黑白复古昏暗粗糙和模糊不清

一天切换一天的日历

"双面镜"计划在温情地撕开

厚重的一页：珍珠港

被裹挟的时候

留住心的一角

决定自己的命运

也改变人类的命运

2021 年 12 月 17 日

注：今天看电影《兰心大剧院》，记之。

偏头痛

初夏晨雨

敲击窗外玻璃，吹过

混乱无序的风，隐隐

滚过的雷，刺激

我的偏头痛

陷在泥泞的土地，拔腿

发出含混的声音

不清不楚，透过

牙根发炎，刺激

我的偏头痛

夏天里没有闪电

花在雨里被摧残

耳朵也牵涉进来

呜咽的节奏，刺激

我的偏头痛

2022 年 5 月 9 日

注：因牙周炎导致咽喉肿痛，涉及耳朵，偏头痛随机发生。

魔术·人生·领导力

一、魔术

魔术师呈现的
都是你必须看到的假象
点击光影，碎成
飘飘洒洒的纸币

助手、道具和光影
都是人为的安排
四位骑士和他们的白马
他们聚齐神奇的纸牌

魔术拨动时间的手指
十八年的树轮和纸牌
源于精心和无缝设计
今天才是结局

二、人生

人生所呈现的
都是你营造的假象

点击头像，穿透
一点一滴的纸片

路人、场景和故事
都是人为的安排
你的白马王子和水晶鞋
是你小说里的主人公

人生在脉轮里行走
五十年的荡气回肠
源于自小栽种的水杉
你是自己的主人公

三、领导力

领导力所呈现的
都是你装扮的自己
你的影响，散发
一圈一圈的涟漪

故事、场景和问题
都是人为的安排
你对意义和成功的诘问
回到 Being 的存在

领导力的修炼

三十多年的功力和招数

打开层层包裹的内心

新鲜而好奇，熠熠生辉

2022 年 5 月 10 日

注：看电影《惊天魔盗团》后，早上冥想时，专注于写一首诗，而同时延展出人生，再延展出领导力，一气呵成，是专注的力量。

道　场

工作是道场

流淌看得见的爱

充盈场域，渗入紧闭的内心

莲花深处，德尔菲神庙

认识你自己

关系是道场

对话就是关系

你的嘴巴到我心涟漪

转折，一个隐秘的角落

我在暗暗修炼

2022 年 5 月 11 日

注：纪伯伦说"工作是看得见的爱"。

觉　察

逃跑或战斗，抑或停驻
把刹那停住，拉长十倍
一帧一帧往前翻过
恐惧和愤怒，如潮涌起奔腾
如潮偃旗息鼓，风平浪静

庖丁解牛、狮子或大象，
骨头与肌肉的缝隙，放大十倍
刀，量子之刀，一寸一寸行进
如入无人之境，畅通无阻
骨架如山，轰然萎地

觉察到自己，接纳自己
接纳自己的情绪和宝贝
接纳自己的思维和念头
最佳观众给头牌演员颁奖
七个脉轮升起七种颜色的奖杯

2022 年 5 月 13 日

注：冥想和正念，时时刻刻的自我觉察。

姗姗而行（组诗）

一、序曲

昨夜碎了一地的歌和梦想
打碎了时间，打碎了空间
打碎了每根骨骼
闻味寻香，重新组合

初夏微雨中
相国寺相心谷
心田书院一席长桌
盘腿静心的山人

二、听茶·品茶

闭上眼睛，听茶
想象高山流水，茶
在沸水中欢唱，茶香四溢
听到窗外滴滴答答的雨声

闭上眼睛，品茶
品茶的醇厚和绵长

舞之而行

壬寅夏吳玉生書

品茶的温度和温暖

身体灵活，心里渐次苏醒

三、止语，默行

止语，默行

树上的花绚烂热烈的声音

路旁的小黄花耳鬓厮磨的亲情

蝴蝶与小花的翻飞互赏

止语，默行

鞋子与碎石亲密地接触

沙沙的声音留住片刻的秘密

半荒废的亭子，仿佛留声机

止语，默行

巨型耳机过滤周围的声音

频道直接调频至心率

天籁般的音乐冉冉升起

四、打坐发呆

青草地上，我打坐发呆

心里的白噪声瞬间过滤

我的心里，一片静寂

马路上大卡车的轰鸣

气动钉枪顽强单调地修补生活

从心里渐渐远去，越来越远

一颗雨滴落在头顶

树上鸟儿婉转清脆的鸣叫

慢慢拧开了环境声音的频道

五、观莲

莲叶的形状是分形吗

莲叶上的水珠是斐波那契数列吗

复杂的世界真有那么复杂

还是用几个函数就可以模拟

仍残留去年冬天的断枝残藕

已有新的莲蓬鲜嫩欲滴

鹧鸪和水鸟在莲叶间嬉戏

黑天鹅在周围的池塘咕咕叫着

雨点打在水面，鱼浮出水面

圆圈荡漾，涟漪扩散开来

形状相同，原因不同

微风不语，莲花不语，微微摇曳

六、正念行走

抬起，前移，着地，稳定
一小步，一小步，一小步

当下，只有这一件事
行走，全心全意地行走

脚步，越来越快
心里，全心全意，波澜不惊

2022 年 5 月 28 日

注：今天参加"姗姗而行"活动，半个小时写就。

次第花开

一朵花谢了
另一朵花继续开了
次第花开

以为一种美好
可以持续，永久
落幕的一天，突然来临
小周天，大周天
敏锐的感觉
在身体周转

换个角度和空间
平行宇宙
次第花开

2022 年 6 月 2 日

注：连续 7 个月的脉轮冥想结束，转换到新的"次第花开"群继续。

胡思
乱弹

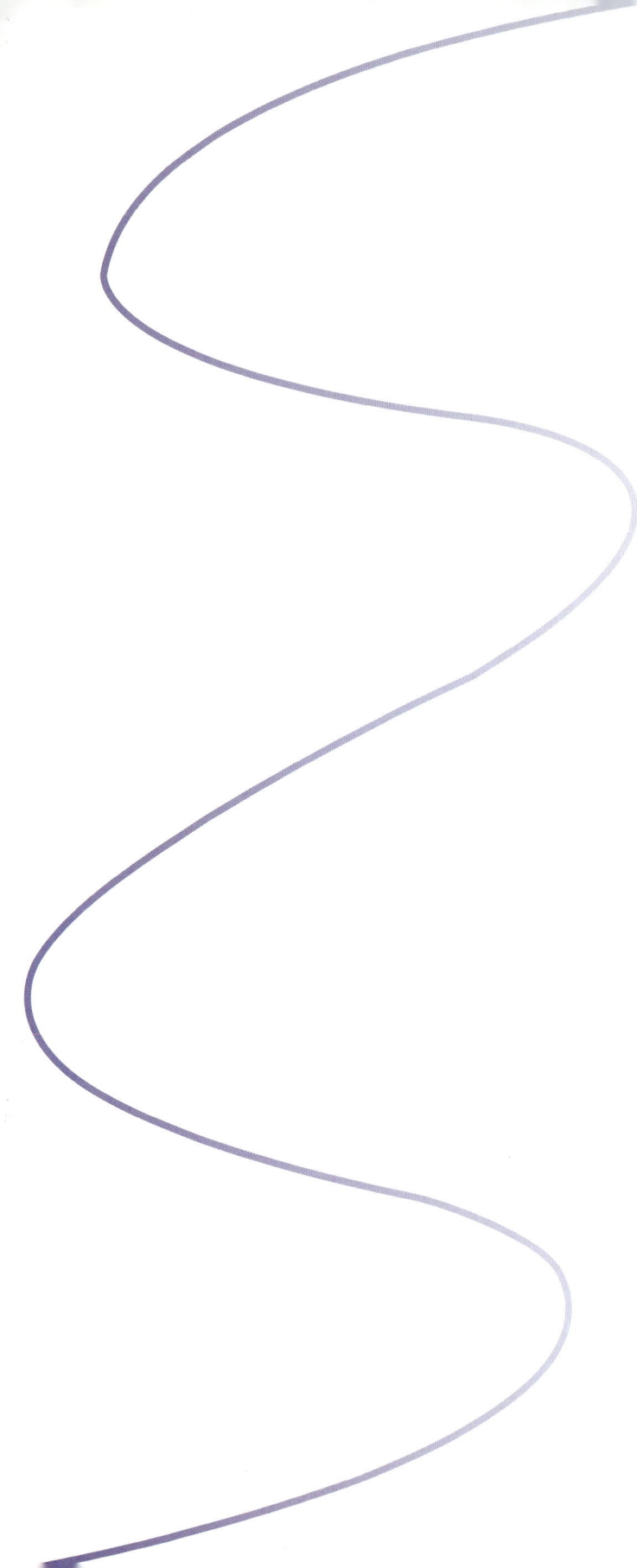

时　差

一

我的思想与身体之间总有时差
一小时，五小时，也许十二小时
我需要不断地与自己争斗
眼皮留恋或打架，算计日出与落日
瞳孔的放大和缩小成 GPS 的焦点
地球上纬度和经度握手的地方

我的思想与身体之间总有时差
一天，一周，也许一旬
日历的弹性被压缩或伸长
周末周而复始，快乐和疲倦交错成
交流电的止弦波，穿透
你的城市和青春，T 恤衫上的文字

我的思想与身体之间总有时差
一个节气，一个月，也许一个季节
迎来百年未遇的高温和洪水
混淆了季节和温度计的关系
忘记了春天鲜花、夏天蝉鸣

时
差

秋天红叶、冬日白雪的对应

我的思想与身体之间总有时差
一年，十年，也许一辈子
改革开放应该是昨天的事情
还有更多也是昨天
我沿着田埂的小路，过一条河去读书
船上的艄公依稀蓑衣斗笠仿佛昨天

我的思想与身体之间总有时差
一个世纪，一个朝代，也许一千年
我穿越回到过去，经过民国回到清朝
九王争储，一场步步惊心的舞台
经过明朝元朝宋朝回到唐皇汉武
又响起伟人的话：数风流人物，还看今朝

期待或害怕，时差，在小小的空间
被不断拉长成一英尺一英尺的光阴
等时差被积攒到一个生命的砝码
这个天才的游戏就结束了，身体
这盏破碎的灯盏，灭了最后一颗火星
思想，骤然消失的光芒
再也找不到藏身之处

2013 年 8 月 30 日

二

上海与巴黎

时差为六个小时

飞了整整十二个小时

身体的惯性

追不上飞机的速度

身体的磁场

重新匹配日出日落

几个小时时差

让身体七荤八素

我想，如果身体

追不上灵魂

就可诊断为残疾人

灵魂是死魂灵

身体就是行尸走肉

这样想来，毛骨悚然

激凌凌打了个寒战

2017 年 9 月 24 日

微观世界

我像一只极小的黑色蚂蚁
带一面镜子，微观世界里散步
找到自己，找到对称，找到统一
从牛顿到爱因斯坦
从运动、力学和微积分
到电磁场和相对论构建
空间和时间的扭曲
地球像一粒玻璃子弹
在扭曲面滚过
物理学家的理论搭建轨道
等待其他一切，物质

从眼睛里真实的三维现实
到四维、八维和十维的
世界，绝对对称和纯粹美丽
粒子和反粒子，电荷与负电荷
拥抱和逃逸，自己和反自己
像法国圆号振动的超炫波
光速，是世界的尽头
无限接近，永远不能达到
打开一扇神的大门

淘气的粒子逃逸，留下
进入黑洞的密码
在镜子里找寻，自己

珊瑚，复制自己
复制纯粹的对称和美丽
在纯净的海水里

用二十个数字
决定这个世界的一切
包括这个星球
假如，在另一个星球
找到相类似的同类，同样
被二十个数字，统治

2013 年 9 月 3 日于飞机上

探 春

蕉下客，你是秋爽斋的主人
三月三，上巳日，结海棠诗社
大观园里，众姐妹争妍斗艳

一只从乌鸦窝飞出的凤凰
恨自己不是男儿身，挨过悲风秋雨
拯救家族于溃败和凋零

你的凤凰风筝，与另一个凤凰风筝
搅在一起，在一个囍字响铃风筝的奏鸣中
断了线，向云层荡去，长成云中红杏

一片孤帆，驶入长江，驶入海疆
三千里，是丈量家破人亡的心痛
纵是王妃，面对新的红楼惊梦，掩面涕泣

2013 年 9 月 18 日于北京至华沙的飞机上

度 脱

一僧一道
在人世红尘和神道仙界游弋
僧是癞头癣足，道是跛足道人
在污秽红尘游历
仙界却是茫茫大士、渺渺真人，
我想一定仙风道骨，玉树临风

空、情、色，交织在一起
警幻仙子兼美，启蒙度者
被度者，同时也是度脱者
空灵的禀赋，空灵的共振
拨动隐秘的性灵琴弦
龄官画蔷，宝玉完美的世界
产生缝隙、裂痕、缺憾乃至坍塌
童话故事，已经化灰化烟
拷问荒极之悲，葬我洒泪者是谁?
藕官与药官、蕊官的痴理故事
通往心诚意敬、各尽其道的大道理

在众世的狂欢中寻找孤独
在一个人的孤独中寻找自我的狂欢

我们都被自己度脱着，直至我们离开

2013 年 9 月 25 日于波兰华沙

3D 打印机遐想

一

我用 3D 打印机，打印自己

打印出光滑顺滑的肌肤
但打印不出已经流逝的光阴

打印出一双亮晶晶的眼睛
但打印不出相视而笑的默契

打印出高挺的鼻子和完美的耳朵
但打印不出弥漫的香味和悦耳的旋律

打印出挺拔健壮的骨架
但打印不出铮铮骨气、吞吐山河

打印出新鲜的伤口和淋漓的鲜血
但打印不出彻骨的疼痛与悲伤

打印出一颗硕大的脑袋，一应俱全
但打印不出被岁月磨砺的睿智和从容

打印出一颗起搏跳动的心脏
但打印不出被千年文化熏陶出来的爱

不如，给自己打印一个墓地
刚好装下一个打印克隆的自己
或者，打印一个精美的骨灰盒

装入还有炉温的灰白的骨灰

二

我用 3D 打印机，打印一个自己
但不能打印我的思想和未来命运

我用 3D 打印机，给自己打印一个爱人
但不能打印一场轰轰烈烈的爱情

我用 3D 打印机，打印了一幢大房子、一大家子人
但不能打印一屋子浓烈的亲情

三

我用 3D 打印机，打印出一个地球
一定要重新设计被污染和沙漠化的土地
多打印一些森林、冰川和河流

少打印富人与穷人之间的差距

我没有能力改变地球的历史
我可以多打印一些书籍和学校
我不能减少不同信仰之间的敌意
至少可以少打印一些枪炮和子弹

2013 年 8 月 30 日开始陆续完成

给自己一个梦想

给自己一个梦想
成为巡洋舰的指挥官
无尽的海洋，游弋的舞台
浪花和海鸥，你的伴侣
书写下洁白的轨迹

给自己一双坚持梦想的翅膀
巡洋舰绕过非洲的好望角
一片更为广阔的海洋
灯塔里百年不变的温暖
折射遥远故乡，昏黄的灯光

给自己一个勇敢的灵魂
如巡洋舰厚厚的舰体
承受暴风雨和枪炮洗礼
面对不同宗教和文化的侵蚀
锈迹斑驳的灵魂，依然是
黄色皮肤下，不息的脉搏

给自己一个荣耀的使命
我们的祖先，曾经

穿越马六甲海峡，直抵印度洋

收获那一个世纪的荣耀

让我们重新起航，穿越

丝绸之路，拥抱蔚蓝

2014 年 1 月 7 日

名　义

以生命的名义，远离悬崖，拒绝坠落
像英雄的普罗米修斯，文字被铁索紧紧缚绑

以信仰的名义，上帝拯救生命
飞机渺无影踪，一千朵鲜花掩盖溅血的真相

以自由的名义，你我超越上帝
一个婴儿的啼哭，婉转千回，在晨曦中唤醒太阳

2014 年 3 月 15 日

清晨，被清脆的鸟啼声唤醒

清晨，被清脆的鸟啼声唤醒
突然醒来的波动，侵扰着蝴蝶
我的生态圈 II 号，经受一场飓风
能量的潮汐，寻找着平衡

清晨，被清脆的鸟啼声唤醒
我的梦境，如退潮时的蓝藻
书写撤退的狼藉，一整个海湾
都是看不懂五线谱的脚印

清晨，被清脆的鸟啼声唤醒
我的胸口，被压了一块石头
如同一株倔强的小草，光明
沿着石头的边缘悄悄生长

2014 年 4 月 28 日凌晨

画

地球的 X 号生态圈
画满了星罗棋布的城市

每一个滋长的城市
画满丛林般生长的楼房

每一幢矗立的楼房
画上了纯白无邪的墙壁

每一面雪白的墙上
画上了一扇一扇的窗户

每一扇临街的窗户
画上了展翅欲飞的鸟儿

每一只飞翔的鸟儿
画上了憧憬想象的眼睛

我在画上行走
一边幸福一边痛苦

2014 年 6 月 1 日

目 标

百步穿杨，是我的目标

那些箭，追不上无声的时间

后羿射日，海洋一望无际包容遗矢

流芳百世，是我的目标

那些錾，雕琢身体环绕的时间

长出铜绿的奖章，已经枯萎的花环

目标找到，美好地穿越自己

坠落，渐次剥离身体的潮起潮落

接近，我一直寻找的自己

2014 年 7 月 13 日

光阴的故事

沿着空间弯曲的角落

用太阳和月亮分割

昨天、今天和明天

昨天成为时间的黑洞

光阴从今天离开

就被昨天的黑洞消融

高寿的银杏树，在昨天栽种

今天骑着落日的光芒，追逐明天

午夜子时，与自己撞个满怀

明天，那么近

却老死不相往来，明天

从镜子里寻蛛丝马迹

都是昨天或今天的光阴

当下，是光阴撤退的

必经之路，我们守在山口

等旧世界睡去，新世界醒来

时
差

一边死亡，一边憧憬

2014 年 7 月 13 日

杆的故事

如果你足够粗壮强大，那就做一根桅杆吧
这艘帆船，承载所有的梦想，在波涛中穿越

如果你像水杉，笔直挺拔，那就做一根旗杆吧
五星红旗，乡村小学生的期盼，山风中飘扬

如果你足够柔韧坚强，那就做一根撑杆吧
让代表纪录的数字，成为一跃而过的欢呼

如果你是一根小杆子，那也没有关系
成为一支探杆，让盲人绕过窨井盖或小水坑

如果你仅仅是一枝翠竹，就在阴湿的墙角
一身翠绿，拔节希望，悄悄吐露对春的依恋

但你不能成为一根栏杆，横在面前
以规则的名义，绊住人们前进的脚步

更不能成为一排栅栏，纵横交错
把时间和空间的世界分割成镜子的碎片

2014 年 7 月 8 日

悬崖边的人

他静静坐在悬崖边上，盯着千丈壁仞
用脚拨弄着空气，拨弄着虚无

红色祝福，金色爱情，触手可及
但又很遥远，在背后另外一个世界

他在思考，苦思冥想，仿佛咀嚼
每一块冰冷的岩石，岩石上的青苔

他很平静，心跳也平静，一尊雕塑
却紧绷着世界的神经，腿肚子打战

东边日出，第一缕光线，瞬间
刺穿虚空，填满整个山谷

2014 年 7 月 17 日

网

空调的风

无休无止吹出来

编织成一张网

侵入整个空间

网住床和桌子

桌子上翻开的书本

网住椅子的闲适

我小心地喝着茶

数着一小段的光阴

被网住的心绪

忘却外面的闷热

明晃晃的太阳烤着

2014 年 7 月 21 日

奇 点

物理学的奇点

吞噬牛顿、爱因斯坦和霍金

回到宇宙爆炸的原初

无限大的密度和压力，时空弯曲

消失的飞机，停在黑洞周围

一动不动，时间也不存在

还好，人类只是推论和想象

就像想象宇宙大爆炸的最初三分钟

技术上的奇点

颠覆科学和技术、商业和伦理

存在的世界如陀螺一样旋转

思维被创造出来，颠覆思维

机器人纠结与人类的关系

不幸的是，世界以指数级的速度

逼近，技术上的奇点

奇点，神奇之点

佛祖和基督应该都还在吧

2014 年 7 月 22 日

影 子

正午，阳光直射
影子悄悄藏在鞋里

夜晚，我的影子
湮没整个夜的黑色

身边的萤火虫
寻找遗失的脚印

头顶的那颗星星
彻底照亮我的微笑

2014 年 7 月 27 日

当天真遇见世故

当天真遇见世故

像三江源的汩汩溪水

汇入黄河，汹涌成母亲河

迷失在波澜壮阔的历史

让我返身，缩小一千

成为一滴欲滴未滴的泪水

当天真遇见世故

像大漠夜晚的满天星星

落到城市，璀璨成霓虹灯闪烁

牛郎织女找不到相会的鹊桥

让我返身，缩小一万

成为乡间飘荡的萤火虫

当天真遇见世故

像情窦初开的我

在春天的黄昏，一个拐角

遇见老态龙钟的婆婆

让我返身，缩小一万

穿越她眼睛中浑浊的瞳孔

时
差

回到赤子，嘹亮地啼哭

2014 年 8 月 10 日

演 戏

导演、演员、舞台
布景、灯光、音响
一切都妥妥当当
剧本，用想象充斥

每一个人都很入戏
台词是现成的，信手拈来
"高尚是高尚者的墓志铭
卑鄙是卑鄙者的通行证"

言辞，涌自内心的空洞
表白，对着空着的纸片
话语，肯定不是自己的
表演，镜子里认不出自己

行动艺术家，突破底线
像扮演瘸子的乞丐博得同情
魔术师表演，穿帮的魔术
观众和托仍然满堂喝彩

幕布后伸出小小脑袋

时

差

是那个会说出真话的男孩吗

2015 年 6 月 8 日

剧 本

剧本，又增加一章
制片人口若悬河
跌宕起伏
多出一万种可能性

戴着老花镜
在雾气腾腾的浴室中
往来蒙蒙的裸体
同样戴着眼镜

互联网时代的剧本
大数据成为编剧
观众在时间轴上跳舞
延伸一幕新的场景

没有起点
大家本来就在演戏
而终点
剧本的小丑在溜达
又掀开了下一幕

2015 年 6 月 10 日

读诗短章

1

盛夏，繁星簇拥
在最深的远处，依旧漆黑
没有一颗星，能够安慰另一颗

2

有些声音，你无须听懂，你只需感受
有些声音，你听不懂，但你依然能够感受到

3

凡是能够被唤醒的情感
都是诗的肌体和血肉
用来组织，当下的生活

4

你，一旦开口
欲言又止的人们

发出声音，直抵内心
世界，变得安静

5

从舞台中央，走到观众席
从聚光灯下，走到昏暗的角落
就像沙漠中的河，流着
流着，就突然没有了

6

我成为一个不存在的人
每天要寻找一天的线索
时间的进程中，我是隐形的
只有思想，徒劳在朋友圈刷屏

7

姓，不重要
名，也不重要
当下，可能很重要
但，没有名字

8

十八岁，用最颠覆的印记
留在云上，瞬间永恒的记忆
岁月静长，时光苦短
身体和灵魂，几乎没有交集

9

一滴血
一袭魂香
一个掌灯的人

10

春天，和冰凌一同消瘦下去的
是我的思念，和成长的欲望

11

我变成一个贝壳中的男人
吞下一颗沙砾，咀嚼
流下泪水，朦胧了珍珠的幻象

2015 年 6 月 21 日

注：阅读《诗刊》2015 年 6 月上半月刊，有感而记之。

我们的征途是星辰大海

旧世界的帝国，摇摇欲坠
烟囱喷射出红色的烟雾
自我拯救的燃情和感动
我们的寻找踏上征程

9 年 48 亿千米，仅仅是驻点
冥王星，又成为太阳系的孤儿
面对未来，扯起勇气的风帆
我们的脚步从未停歇

能够决定未来的，只有历史
雪山庄严，经幡翻飞和长调悠扬
以默默死去的勇敢传递基因
我们的目标成为传奇

不断快速膨胀的宇宙
十亿光年的巡航母舰
不要燃尽自己，我的未来
我们的征途是星辰大海

2015 年 7 月 18 日

梦　境

梦中，这些方块堵住门

方块砌成了每一面墙

路障阻碍灵魂的每一次跋涉

充斥着泡沫，保护你不受伤害

梦中，软件和 App 占据

每一个路口，涂成游戏的关口

时间被过滤得无声无息

深潭的水，悄悄将你淹埋

梦中，地图被制成巨型跳棋

勋章和积分在冥王星闪烁

宇宙飞船圆圆的，捉着迷藏

指南针，迷失在遥远的星辰大海

2015 年 8 月 5 日

喝　酒

躯壳镀上铜绿

像一尊古董

刻蚀岁月的经验

抵御生活的风雨

酒，奔腾在血管

消融铜绿，剥离伪装

纯如赤子，巧舌如簧

时光鲜活地绽放

地球，混沌的世界

一半黑夜一半白昼

黑夜，凝重的深邃

白昼，蓝色生命的绚烂

2015 年 7 月 31 日

其实我知道……

我用我的头发

抛出一场风暴，就像

昨晚的那场大火

其实我知道，这仅仅

是茶杯的风波，谁也不在意

我用我的昨天

写出一段历史，就像

一辈子跌宕起伏的经历

其实我知道，这仅仅

是一介书生，唏嘘的记忆

我用我的酒杯

掀起情感的起伏，就像

一场掏心掏肺的华丽表演

其实我知道，这仅仅

是酒桌上的应酬，推杯换盏

服务生不小心，摔了

盘子杯子，清脆脆的音乐

凑足故事

2015 年 8 月 15 日

舞　步

总是觉得在醉

总是觉得在飘

总是觉得在飞

肢解成每一个脚步

左右前后一顿一驻

摇摆旋转绕圈并脚

总是觉得在摇摆

总是觉得在撞击

总是觉得在颤抖

红裙子飘起来

红舞鞋跳起来

红色的蝴蝶结，飘起来

木鱼敲击的声音

注入舞蹈的基因

变成美轮美奂的夜晚

2015 年 9 月 9 日

爱的理由

请给文字一个爱的理由
它能流淌出汩汩的诗句

请给白纸一个爱的理由
它能描绘出绚烂的色彩

请给音符一个爱的理由
它能面对群山引吭高歌

请给海水一个爱的理由
它能汇聚成海洋的辽阔

请给时光一个爱的理由
走过星星点点都成记忆

沙滩上捡拾贝壳的孩童
串成项链献在你的脚下

2016 年 1 月 1 日凌晨零点

在外公坟前写诗

在外公坟前，我突然发现
自然正用他的方式书写
到处是纹理和韵律，和诗一样

向阳坡的坟，高低错落
方位暗藏玄机，本宝寺
近在咫尺，供奉祖先的英灵

枯黄的野茅草，东倒西伏
茅草的指向隐约文字和韵律
一颗火星就能点着，诗的能量

穿越坟间的野路，被草覆盖
从一个祖先连接另一个祖先
像是家谱中，延续不断的血脉

烧着的纸钱，烟熏火燎
火势向上，腾空而起
跃动着诗的节奏、韵律和温度

外公，我又来看你了

在你的坟前，我看见了一场
盛大的诗歌朗诵会，正在举行

2016 年 2 月 8 日

胡　子

祖先的肖像画中没有胡子
有也应该画山羊胡子
我的表叔却是满脸络腮
我也是满脸的络腮胡子
我有胡人的血统
每天我把胡子剃干净
显得清爽、敬业和纯洁

没有人见过我的络腮胡子
也没有见过我的纯洁
我满脸络腮胡子的照片
与江南才子大相径庭
干净的下巴，白净的脸庞
容易长出胡子，无论是
山羊胡子或络腮胡子

每个长假
我总是会偷偷蓄起络腮胡子
和祖先去打个招呼

2016 年 2 月 9 日

注：2016 年春节我有 11 天假期，又准备蓄起我的胡子，故得此诗，算是一个记录。

读诗短章

一、火车

往来的火车
越来越快的人生
追不上了

二、独处

安静地坐着
点燃一支蜡烛
轻轻跳出一朵烛花

安静地坐着
点着一支藏香
盈盈舞着洁白的圣洁

三、梅雨

这场雨，注定是要来的
在春天，去而复返
江南的清明，本是雨淋淋的

这场雨，注定一定会来的
你在江南，才子佳人
萦萦绕绕，围绕着五月

四、灯塔

天愈黑，灯塔愈亮
风浪愈大，灯塔愈高

五、对联

春联，正在剥落
每年覆盖上去，又形成
新的剥落

六、墓碑

墓碑，在时间的
管道上，打个死结

七、北疆

我掏空了我的内心
只为容纳，北疆的辽阔
哦，一望无际的草原

变成我内心，无尽的苍茫

八、补牙

帮凶，咀嚼了半个人生
今天被修理和打磨

未来人生仍然美味
我希望仍是咀嚼，而不是吞咽

2016 年 5 月 7 日

注：今天阅读《诗刊》2016 年 4 月下半月刊，触而感之。

稻 草

压垮骆驼的
最后一根是
稻草

溺水时抓住的
最后一根是
稻草

智能的未来
最后一个人是
稻草人

2017 年 1 月 13 日

给儿子

小时候，儿子特别喜欢
我把他抛起来，抛过头顶
再接住他，越抛越高

再大一点，儿子喜欢
爸爸和妈妈，分别拉着
他的手，跑起来，飞起来

今天，儿子二十岁
抛不动，也拉不动
他抛过来的问题，应接不暇

再过二十年，儿子不惑
在他的城市，在他的家
他应该也有孩子
也有这样的轮回

2017 年 9 月 24 日于上海浦东飞往巴黎的飞机上

我生活在当下，不再等待

猫盯着老鼠洞

全神贯注，双目熠熠生辉

它生活在当下，没有过去和未来

目标在远方闪烁

十字路口的红灯和绿灯

我生活在当下，不再眺望

过去频频回首

梨花带雨楚楚动人

我生活在当下，不再沦陷

我生活在当下，不再等待

2021 年 7 月 17 日

除夕感怀

我把这一年，埋藏在雪地里
雪化了，流进旁边的界溪
交响乐中，我独自坐在书房
听着内心的水流，无始无终

这一年，我坐上一张新的牌桌
翻升了一副新牌，却不下注
一切是上帝的游戏
用意义的尺子衡量价值的重量
在余生，随心所欲

这一年，我拿出身体的一部分
献祭给尾随而至的岁月
不清楚下一座山的后面，是不是悬崖
我小心翼翼地活着，冥想打坐
连接着未来，越来越纯粹的灵魂

明天开始，我们都长了一岁
父亲八十八，母亲七十七，我五十五
回到幸福的原点，很简单
陪父母一起，一日三餐，精粮粗做

时
差

写字，走路，看电影，朋友圈点赞

2022 年 1 月 31 日除夕夜

梦 魇

被扯拽，被压制
挣扎，千钧重担
发不出任何声音
惊醒，发现是被角压住了

翻身而眠，鱼入大海
身体轻盈，如蝴蝶飞入花丛
窗外的鸟鸣，婉转清脆

2022 年 5 月 16 日

我与我的……

一

列队，没有作为整体的我
只有我的身体，我的情绪，我的思想，我的角色
还有我的我，君临天下，俯瞰自己

我的身体，带领着
我的手，我的脚，我的心脏，我的肺，我的鼻子
我曾经被割去的组织和稀疏的头发

我的情绪，带领着
我的快乐，我的悲伤，我的愤怒，我的焦虑，我的生气
还有我回忆和期盼中的波澜

我的思想，带领着
我的问题，我的逻辑，我的推理，我的信仰，我的判断
还有我建立起来的思维结构

我的角色，更是纠结了
我的职位，我的 title，我的荣誉，我的奖牌，我的证明
还有我各种各样的关系，财富的数字

列队，没有作为整体的我
只有我的身体，我的情绪，我的思想，我的角色
这些是我，这些也不是我

二

我的身体，我的情绪，我的思想，我的角色
如孙悟空，七十二变，无中生有或有迹可循
甚至幻化出厚厚的乌云，遮蔽了天空

猴子十万八千里的一个筋斗，远抵五指山
我的我，如如来，优雅静坐，雍容平和
莲花座上，张开手掌，闻得猴儿的尿骚味

2022 年 5 月 24 日

脉轮七章

一、海底轮

我想象我

承载着，这个世界的好奇

同心圆定位自己的状态

通过无线脉冲充电

闪烁着红色的美丽生命

二、本我轮

我想象我

经历着人世间的百转千回

蓬勃健康的古铜色生命

如一艘月牙形的小船

在生命之海水中前行

三、脐轮

我想象我

火焰燃烧，升腾更高的

能量，聚集创世纪的力量

穿透能量之眼，欲望转变为
接受此生的一切责任

四、心轮

我想象我
沉浸在爱的空气中
浑身也散发出爱的循环
像金星围绕着太阳
期待着生命的再次降临

五、喉轮

我想象我
凝神静听，淡蓝色花朵
摇曳，用人类听不到的声波
宣讲我的信念，我的声音
只传进虔诚者的耳朵

六、眉心轮

我想象我
感知到神的涟漪
从莲花座和莲花池荡漾
遥远的前世和来世
神秘的力量牵引着我

七、顶轮

我想象我

解构了我人生的意义

思维导图四通八达

箭头指向我纯白的哈达

当下，都是世外桃源

2022 年 5 月 25 日

注：本月是脉轮冥想的最后一个月，每天身体进行 7 个脉轮的扫描，需要想象，所以
成之。

致敬佩索阿

山是山，石头是石头
树是树，花是花
知了是知了，蝴蝶是蝴蝶

没有哲学，没有思想，没有逻辑
没有视觉，没有触觉，没有嗅觉
没有情绪，没有想象，没有比喻

山有存在，石头有存在
树有存在，花有存在
知了有存在，蝴蝶有存在

山没有峻峭，只是你的峻峭
石头没有嶙峋，只是你的嶙峋
树没有青翠高耸，只是你的青翠高耸
花没有美丽香气，只是你的美丽香气
知了没有讨厌，只是你的讨厌
蝴蝶没有蹁跹，只是你的蹁跹

有山，有石头，有树，有花，有知了，有蝴蝶
没有你，没有自然，自然是你归纳出来的概念

时
差

没有你，没有我，没有佩索阿

2022 年 5 月 26 日

注：昨天读完《我将宇宙随身携带：佩索阿诗集》，结合昨天爬山，写了这首诗，向佩索阿致敬。

死 亡

死亡降临

在诗集的每一个章节

每一个情境、每一个时空

在逾千年的神话

在民族和自由的经历

在老年人和青年人的对话

在清晨、午后和夜晚

死亡，无时无刻不

如奇迹一般，降临

在国家、城市、部落

在高山峻岭和河流峡谷

在车水马龙和尘土飞扬

在书房的书桌前和卧室的床

死亡，无地无处不

如奇迹一般，降临

死亡降临

在诗人的每一个毛孔

每一个思维、每一个念头

2022 年 6 月 4 日

注：读伊夫·博纳富瓦《沉默的经典：杜弗的动与静》，几乎每一页都出现死亡、死者，故和之。

一块石头

一块石头
女娲补天剩下来
被带到尘世，历练

一块石头
被砌在巍峨教堂的底座
背负伊甸园的原罪
听信众的颂歌和忏悔

一块石头
被砌成了一块墓碑
生于或卒于某个夜晚
无字碑，与清风为伴

一块石头
被砌在奈何桥上
连接这生与死的世界
黑色和白色无缝对接

一块石头

只是一块石头

2022 年 6 月 4 日

我是不同的我

我是不同的我
我行走在我之外
山伴随着山，水追随着水
春天里，到处都是春天

我是不同的我
我和不同的我打招呼，讨论人生
讨论我们是谁，谁替谁活着
问题掠过问题，鸟和鸟嬉戏
天空里，到处都是天空

我是不同的我
我做梦，梦见了我在做梦
离家出走，总在寻找回家的路
石头挨着石头，手牵着手
生活中，到处都是生活

我是不同的我

2022 年 6 月 7 日

注：读《张枣诗文集：诗歌卷》，他似乎有个习惯，一句话里重复用同一个词，便戏仿之。

除了燃烧，我别无选择

活着，在氧气中呼吸

生命，在时间中燃烧

每一刻，都在燃烧

每一句话，都在燃烧

每一个故事，都在燃烧

我一直在燃烧

骨骼燃烧，成为精神

精神燃烧，成为生命

生命燃烧，成为灰烬

除了燃烧，我别无选择

但我可以选择，让灰烬

留在哪个祭坛

2022 年 12 月 30 日

注：读弗雷德·考夫曼《意义革命》一书，有"除了燃烧，我别无选择，但是我可以
选择把自己安放在哪个祭坛上"一句，有感而发。

新的一年

时间在奔跑，今天是新的一年
一些隐秘被关在黑暗的去年
过去一年，埋葬了太多的东西
痛苦、失败和眼泪
还有走失的爱和烟火气
时间被浓缩成一个汉字：窘

跨年钟声打碎四周的铜墙铁壁
潘多拉的魔盒已经被关上
界溪边，温暖的安静
世界仿佛加快了速度
我期待我的使命，一间石屋
引领着山路，带领伙伴们行走
界溪也开始奔跑，这是它的本质

把祝福再书写一遍
用粗的笔浓的墨
往下的曲线挣扎着向上
从过去一年的沉重中，逃逸
把未来想象成辽阔无垠的天空
有人预测这些线可能一飞冲天

2023 年 1 月 1 日匆匆

逃　逸

逃逸，心狂跳，青丝乱飞
树叶沙沙作响，仿佛耳边低语

白昼和黑夜，生命的周期
巨大的单摆，呼啸而过

匍匐在意义之网
时间穿过命运的针眼

发黄的历史书里
不谢幕的剧，无限延伸

2023 年 3 月 9 日

注：在 ChatGPT 协助下完成。

我来自……

我来自浙江中部一个祖宗和精灵庇佑的村庄

我来自以读书为荣的传统儒家文化

我来自浙西连绵不断的山脉，四周都是希望跳舞的山间

我来自钱塘江源头，随着钱江水汇入黄浦江

我来自十里洋场诸多历史的交汇，祭拜孔庙千年的香火

我来自 80 年代的思想激荡，图书馆的灯火和露天游泳馆的冬泳

我来自大哥大蜂窝基站快速遍布中国的时代，信息和科学蜂拥而至

我来自喷薄而出的产业，进入新的世纪，三十年一路狂奔

我来自东海边上的一座城市，和这个城市的脱胎换骨

我来自百年历史的学府花开花落的春夏秋冬

我来自一段又一段职业旅程，没有终点，只有疲惫的身躯和各种光鲜
　　的标签

我来自淡妆浓抹总相宜的西子湖，变成林徽因和林志玲的集合

我来自身体里的一种无序扩张，拉响了警报

我来自一个当下的灵魂和一切的放下

我来自内心和可信源头的召唤，看到真实铺就的未来

2023 年 3 月 31 日

注：伟事达私董会教练培训期间，20 分钟即兴创作。

无限的游戏

NASA 的使命：探索宇宙是个无限游戏，而肯尼迪的"登月计划"是
　有限游戏。
所有伟大的、雄伟的、精细的，只要具化到物体上，都是有限游戏；
只有这些词被形容无形的目标时，才有可能成为无限游戏。

无限游戏只与人相关，只与人的无限相关。

无限游戏，可以分为向外求和向内求，都分为无限目标和平衡目标。
向外求，无限目标探索无限的宇宙；平衡目标包括生态环境的平衡
向内求，无限目标追求喜悦和满足；平衡目标追求人人生而平等。

无限游戏和有限游戏的转换
有限者担心无限性，会分解无限游戏的目标，成为一个个具体、可以
　实现的目标，最后把分解后的目标取代了原来的无限目标；
无限者在有限生涯的每一个时刻，都会寻求向外和向内的无限目标，
　从而确认自己是无限者。

无限游戏可以分为直线和射线两种，而有限游戏是线段。
无限游戏往往是直线，两端都是无穷无尽，但可以融入有限游戏的线
　段。
无限者可以开启一条射线，创造出无限游戏，从更高层次，也可以被

纳入无限有限的直线中。

2022 年 5 月 12 日

成　长

成长分为两种，显性成长和隐形成长。

显性成长，以奖状、奖杯和头衔来衡量，你像一个集卡片者，用一副
　　牌的容量来证明；
以阿拉伯数字来衡量，你像一个守财奴，每天数着成长的数字。

隐形成长，以真我、大我的丰盈为标记，追求爱、喜悦、和平，夯实
　　你人生的基础；
在此基础上，你学习、锻炼、开放、平和，你在头顶三尺，觉察自己。

显性成长，除了你的全力以赴，你的悬梁刺股，还需要阴阳匹配，八
　　字相合；
你需要把握周期律的大脉动，你需要处于能量和资源的聚集，你也需
　　要政通人和；
最后，你需要上帝的"点睛之笔"，让龙飞腾。

隐形成长，需要你的悬梁刺股，需要你的全力以赴，需要你对自己的
　　信任；
更需要你的自律，需要你的刻意练习，需要你的终身学习。
你是你自己的天使，你是你自己的上帝，你可以主宰你自己。

脱离隐形成长的显性成长，虽快犹慢，你的步伐需要等待你的灵魂；

未能成参天大树的隐形成长，虽慢犹快，你已经拥有一个自己的宇宙；

让隐形成长超前半步，超期一步，你的显性成长，便有了源源不竭的动力。

2022 年 5 月 22 日

排　队

排队，从这扇门进去，从另一扇门出来
我们在生活的每一个门口，排队

那些曾经的，或者未来的，排队
一个又一个的拐角，寻找自己的印迹

楼上或楼下，有些人向左，有些人向右
玻璃橱窗里，人们迷失了自己的角度

走出门，马路上车水马龙，车灯闪烁
车也在排队，不是同一个目的地

太白山终年积雪，等待未来的邂逅
年轮一圈一圈，引导终南山的觉悟

2013 年 3 月 28 日

美
山
大
河

玛吉阿米

一行雪后的脚印
连接布达拉宫与八廓街
仓央嘉措把自己的位置
定位在玛吉阿米，在
八廓街的一个角落
他的目光掠过他的子民
回到生养他的草原

故事在青稞酒中发酵
成为世俗爱情的原点
玛吉阿米，生活的唐卡
藏文化，被时间异化成
熙熙攘攘的商业街
一拨一拨的旅客
找到历史遗落的注脚

2013 年 7 月 23 日于拉萨

大昭寺

时间，除了丈量历史的长度
也丈量朝圣者的信仰
时光飞快，转经筒一圈
就是一辈子的轮回
时间很慢，千年的阳光
只是晒黑朝圣者的皮肤

乐律，除了丈量音乐的魅力
也丈量朝圣者心灵的回响
诵经阵阵，直抵佛的山脚
头颅撞击地面的嘭嘭声响
回荡在八廓街的晨钟暮鼓中

长度，除了丈量等身之长
也丈量朝圣者虔诚的距离
从雪域边缘磕长头向大昭寺
每一步都书写光阴的长度
像雅鲁藏布江的江水驶向永远

2013 年 7 月 25 日于拉萨

海　拔

海拔，记载植物的 DNA
饱含蓝色和白云的纯粹

海拔，离开太阳最近的地方
显示出权杖的威仪和能量

海拔，过滤氧气和阳光的纯净
挑战每个旅人的极限

海拔，白宫和红宫涂抹虔诚的颜色
九座灵塔隐藏雪域之王

海拔，历史打磨酥油土地面
酥油灯点燃 1300 年的历史

2013 年 7 月 25 日于拉萨

北温泉

雾气蒸腾出慵懒

小小的王国营造温暖

灵性被唤醒

彻底熨平每一个毛孔

精油的味道沿着神经末梢传递

恢复弹性，时间的光泽

像窗外初冬的细雨

在彩林的色彩中飞舞

石制的小和尚，憨态可掬

远处一对老夫妇

撑着一把伞缓行

2013 年 12 月 14 日于重庆

大奇山源头

不大，不奇
一股小瀑布
轻盈地飞舞
聚成一潭绿水

不深，不闹
波涛轻轻晃动
一根树枝伸出
捞一池的碎银

不骄，不艳
溪水哗哗流淌
一亭静静伫立
揽一山的宁静

不急，不徐
凌波微步，莺歌笑语
一条小路蜿蜒
随清风自来

2014 年 1 月 13 日

印象西湖

等待天与地之间，龙的轨迹
从最远的天际，变幻向前的脚印

点点星辰，都是一个脚步
一个脚步，叠成的断桥和故事

遥远的美丽，轻轻地叙述
烟雨的故事，在浅浅的一掬湖水

红色和粉色的爱情，从天际坠落
驶入一湾不知远近的湖水，那艘船

水被撩起，一个水波和盔甲的阵营
炮声，一个滋生的平台，红色的舞者

蓝色和音乐，一对红色和青色的舞者
君临天下的绿色，从周围延伸

船，恰到好处地来了，载走爱情
旁边的亭子，找到洁白的羽翼，书写爱情

白色的爱情变成橘色，我在等待
水中漫步者，所有的脚步，凝聚一种舞姿

舞台，从左到右，书写一种辽阔
翅膀从左边的天空飞至右边，像一只鹤

鹤飞成行，留恋这方水，这方水
生成的瀑布雾，吸纳鹤印的每一滴水珠

红色的女主人公，随船的拐弯，消失
白色的爱情，乘着小船，飞成鹤

2014 年 4 月 12 日

黄色想象

沙漠，只有一种颜色
江湖，只有一种颜色

黄色的世界，很纯净
你，吞噬这片黄色
或者，被这片黄色吞噬

废墟，也是黄色
残留的时间被流沙覆盖
柔美的爱情早已被蒸发

夜晚，不是黑色
仍然是纯净的黄色
我无法揭去世界的保护色

连湖水，也是黄色
透过蓝色的滤镜
装满浩瀚黄色的江湖

2014 年 7 月 27 日

中卫即景

一

从北地，到安定
从鸣沙，到会州，到中卫

兵戎相见的边陲
名字如城头大王旗更迭
黄河水，依然充沛奔涌

名字像沙坡头的黄沙
一遍又一遍覆盖
西瓜，依然香甜多汁

二

边陲的黄昏
通透得让人怀疑
色彩的饱和度
被调得黏稠无比

被水洗过，被风吹过

蓝色的葫芦宝瓶

见证水的魂魄

黄河的水

确实是浑浊的

注入江南的神色秀气

灌溉西北汉子的爽直

黄河边的灯火

璀璨柔美

2014 年 7 月 27 日

在腾格里沙漠看星空

"夜半醒来，看见漫天星空"
帐篷被人偷走
却还你整个银河
——题记

今夜，在腾格里沙漠深处。
看星空，银河如此璀璨拥挤
如下班的高峰，一样拥堵
我甚至忘记了，我们的童年
一夜一夜，在拥堵中睡去

沙、胡杨树和星星
在这一刻结成同盟
书写我从未有过的
记忆，风从鸣沙山吹过
刚刚诞生的芨芨草，能否
长成沙漠中的骆驼刺

沙、胡杨树和太阳
重新演绎精彩的大剧
一望无际的沙漠洒满金色

胡杨树的影子暗藏玄机

星星不见了，留下记忆

2014 年 9 月 19 日

渴盼向西

梅雨湿了你隐形的翅膀

被强紫外线的阳光消毒

渴盼飞翔在一望无际的原野

建筑物是那么渺小，仿佛积木

被上下班平衡的车辙

延伸到起伏不定的山脊线

渴盼留下我们深浅不一的足迹

大汗淋漓，过滤风的味道

杭州城里消失的星星

躲在西部的天穹，照亮雪山

渴盼星星与云姑娘捉迷藏

像萤火虫，等待你掬手可捉

层叠的文件压弯脖子

渴盼来一曲跑调的《青藏高原》

在世界海拔最高的机场

呼吸 4410 米纯净的空气

2015 年 7 月 13 日匆匆即成

海子山

如果海子可以选择
他一定愿意长眠在这里
海子山，一个和他一样
纯净的地方

一大片一大片的雾飘荡
云是她的孪生姊妹
海子山上亿万年青翠
松树在碎石中守护
如繁星一样的格桑花

三亿年的雪山水奔流
石河上的巨石，被时光打磨
没有棱角，发出隆隆巨响
连走在牦牛粪的路径上
都是纯纯温暖的感觉

一长条一长条的经幡
丈量着寺庙和佛塔中
天与地之间的距离
玛尼堆，随处可见

时
差

信手书写天与地的神谕

如果海子可以选择
他一定愿意长眠在这里
海子山，一个和他一样
纯净的地方

2015 年 7 月 13 日

尊胜塔林

晚上 8 点，细细微雨
尊胜塔林，白色巍峨
浑厚的云层更添肃穆
故事，像河水默默流淌

沅远绕一圈，两个玛尼堆
再绕一圈塔林，拨动转经筒
听着旁边，一对藏民夫妇
边转边说着听不懂的藏语

不知佛陀是否真的来过
白色庄严的尊胜塔林
夏天微雨的傍晚
留下印象和记忆

2015 年 7 月 14 日于稻城

高　反

走出机舱门
稻城亚丁，我来了
头突然发蒙，有些沉重
心跳加快，呼吸急促
高反，像我的恋人
蓦然来到我的身边

高反，像个不离不弃的
朋友，拥抱着周围的队友
不断有人中奖，头痛发烧
嘴唇发紫，脸色绯红
时间拨动摇奖机
不知蹦出哪个数字

高反，白天若即若离
骑行和跑步的呼吸
悄悄藏匿在纯净的风中
夜晚，释放黑色折磨
像一个顽劣的孩童
辗转反侧，折腾你一宿

高反，来了

又走了

2015 年 7 月 15 日

海子山机场

海子，藏语

是湖泊的意思

海子遍布，成海子山

翻天覆地亿万年

海子眼泪，成石河

心思流淌亿万年

海子山，机场伫立

洞穿亿万年光阴

似飞碟，穿越时间

带来人类文明的破坏

像白蚌成精，道法无边

吐出一颗珍珠，守护

2015 年 7 月 19 日

礁　溪

礁溪，像一条动脉
毛细血管星罗棋布
温泉，汩汩冒出
长出旅舍和旅客
长出小镇

礁溪，像一条动脉
山与海的每次热恋
跑马古道，百转千回
记录一个族群
记录历史

2015 年 10 月 29 日于中国台湾

野柳地质公园

女王石

追求风姿妖娆的极致
最终将折断高贵的头颅

红线

阻挡自由，阻止陨落
飞翔起来，用死亡的翅膀

烛台石

把自己祭上烛台
听海峡的思念

脚印石

仙女丢了她的鞋履
嘘，她正躲在野柳湾沐浴

2015 年 10 月 29 日于中国台湾

翠湖的红头鸥

红头鸥，如云一样

腾空而起，绕翠湖一周

巡视温暖的日光，掠过

或者俯冲，争夺游客的喂食

四只海鸥踩水追逐

像是在庭院里嬉戏，还有

两只，如鸳鸯一样恩爱相随

一切都天衣无缝

似乎它们一直在翠湖，只是

它们翅膀扑棱起的风

带着西伯利亚的寒冽

它们的叫声，怀念着

西伯利亚一望无际的草原

2016 年 2 月 28 日

注：去昆明跑高原半马，住翠湖宾馆，前为翠湖公园，多鸥，为西伯利亚候鸟，记之。

又见平遥

历史，漫长

用一块墙砖一块墙砖

累积 2800 年的厚重

镖局，威武

用 232 条生命和 7 年光阴

擦亮同兴公的招牌

平遥，穿越

用一碗面的长度

丈量家与天堂的距离

2018 年 10 月 21 日于平遥

对　话

天才与天才的对话

伟大与伟大的碰撞

智慧与智慧的交融

美、科学和宗教

除此之外，一切都不重要

泰戈尔和爱因斯坦

主观唯心主义和客观唯心主义

穿越第四个维度：时间

披着时代的服装，讨论

美、科学和宗教

如果牛顿也加入

如果普希金也加入

历史上伟大的灵魂也加入

仍然是这些议题

美、科学和宗教

2022 年 5 月 18 日

注：昨天看泰戈尔的《人的宗教》，其中附录有泰戈尔和爱因斯坦的对话，故记之。

山　路

西湖周围
蜿蜒起伏在山脊
一本摊开的卦书
每一卦的卦爻
在季节中变化

小和山的山坳中
曾经有一个仓库
我上山，从一条野径
再也没有下山
沿着山脊去远方

三十年后，回到这里
午潮山，过第二公墓
被打了招呼，到金莲寺
寺庙已经修了几年
时间并不重要

再往前就是屏峰村
三十年前上山的地方
该左转下山，宽宽的

石板路，风景独好

接收内心的频率

2022 年 5 月 19 日

四月的凤栖湖

四月，越来越湿润的绿色
凤栖湖，有凤来栖

清明，盛开的小白花，一簇一簇
在绿色的田地里，在路边

隋唐大运河，联结两座都城
遗落淤积沉淀在睢县的凤栖湖

胸怀大志的隋炀帝，被历史
这个刻薄的刀笔吏，刻画得体无完肤

水里，有很多桥，桥上有亭
一个时代被重新廉价地装饰

四月里，风在平原上吹着
越来越多的绿色，越来越湿润的绿色

2023 年 4 月 2 日于睢县凤栖湖

响沙湾的沙

我是一粒沙，这粒沙响起来
如大雄宝殿的钟声，绵延不绝
响沙湾便有了历史，一直到今天

我是一粒沙，这粒沙舞起来
掩盖了一个旧世界，漫天飞舞
响沙湾绽放了莲花，一个新世界

我是一粒沙，这粒沙热起来
被太阳从早到晚晒着，从东到西
响沙湾便有了黑白，用沙脊隔开

2023 年 7 月 16 日

注：一花一菩提，一沙一世界。

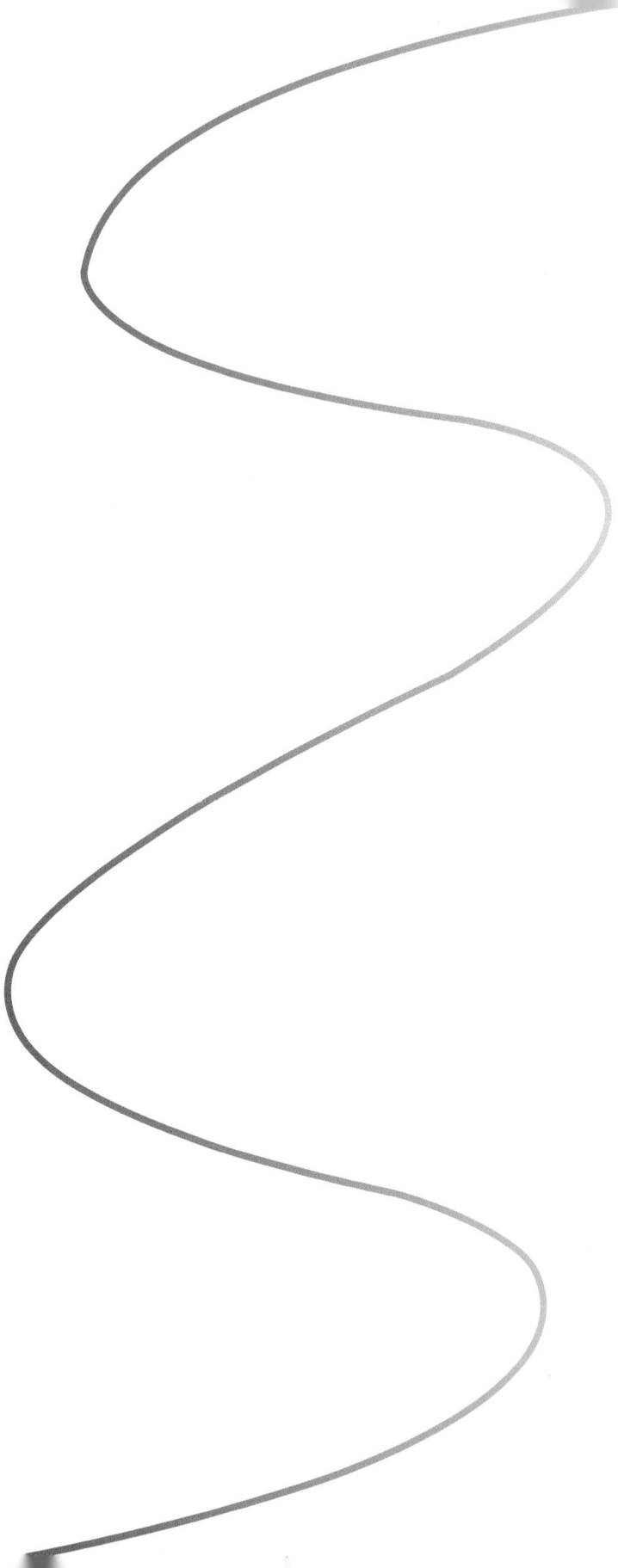

圣乔治教堂

从蓝色基调的拱形彩绘窗户
正前是圣像，透过天光
嘉德骑士的荣耀，被固定在墙上
悬挂着盔甲、佩剑和旗帜

哥特式的建筑，黑色的木质雕刻
就是历史沉重的刻痕，天光
渐渐退去，看不见阳光中飞舞的尘
那天刮着暴风雪，查理一世
被埋葬在唱诗班的地下墓地

每支蜡烛，已经通上现世的光明
静穆 20 分钟，回到充满一切的安宁
礼拜的声音，圆润抵达大不列颠历史的
每个角落，抵达我的内心

2013 年 9 月 5 日

在波兰过中秋夜

当三潭印月和平湖秋月，书写西湖

一年中最圆满精致的时刻

吴刚捧出桂花酒，用满陇桂花酿制

波兰却是午后最温暖的片刻

没有嫦娥，没有吴刚，没有中秋节日

电力展会喧闹了这个边境小城

雨水泥泞了停车场，翠绿了荒原

虽然迟了六个小时，该来的终究会来

异域的月亮一样浑圆硕大，宁静安详

乌云，却是快速在皓月周围舞蹈

吞噬了月亮，我吞食了随身自带的月饼

默对圆月，我寄遥远的思念

用月光的速度，给国内睡熟的亲人

2013 年 9 月 19 日于波兰凌晨

教堂音乐会

云雀在穹形顶下飞舞，和安琪儿一起
中提琴的音调越来越高，短促有力
大提琴的低音，如雷声滚过
惊起云雀的翅膀，天父背着十字架

吉他的琴弦，弹拨经典的神曲
如水流潺潺，如珠落玉盘，欢快跳跃
中号透出力量，激越的旋律崩裂
正前方威严的圣壁，神也在聆听

出了教堂，墙壁下有一个女子
一个简陋的放音机伴唱，歌剧
从她的嘴里唱出来，如天籁
教堂里的神和天父也能听见吗

2013 年 9 月 20 日于波兰克拉科夫

维耶利奇卡盐矿

53×7级台阶，走下去，走下去

被风口的风吹进了地下的历史

很咸的味道，翻开了盐矿的历史教科书

穿越矿道中一道一道沉重的木门

木质卷扬机用很粗的缆绳把昨天拖拽到眼前

500多年盐矿的历史

在地下300多米的矿道内延伸

很粗的木头，被刷成白色，交叉在一起

在被盐卤统治的世界里，木头比钢铁更可靠

盐水渗透出来，岩盐又生长出来

盐矿的主人，只留下结晶的名字和生命

130米的地下，不规则的厅，是神的领地

圣父耶稣和保罗二世守候前生今世

旁边是圣母玛利亚和最后的晚餐

地下，盐的历史完完全全也是人的历史

盐湖纯净透明，倒映出空中楼阁

和在空中楼阁中上上下下的游客

1分钟很短，可以从地下重新回到地面

丢失了所有的参照物，建筑如此相像
就像这一刻的时间与昨天如此相像
我没有迷失在地下迷宫一样的矿道
每一个矿道都散发着昏黄迷人的诱惑

2013 年 9 月 21 日于波兰

细雨天的清晨，沿着老城走走

细雨天的清晨，沿着老城走走
落叶重重地落下来，躺在路边的椅子上
气喘吁吁，就像老城，有些老态龙钟
十六世纪的时候，它是全欧洲的宠儿

细雨天的清晨，沿着老城走走
坚固的城堡在历史中，如此不堪一击
城堡的射箭孔，像是打开过去的钥匙孔
白鹰的利爪，绘制在历史的教科书中

细雨天的清晨，沿着老城走走
古铜色或黑色的大理石城墙，
在清晨发亮的晨曦中，显得更加凝重
白鹰的翅膀，背负不起这样的沉重

细雨天的清晨，沿着老城走走
历史和版图，被肢解成不同的拼图
不同的战马和铁骑如潮水，涌来又退去
悲怆是波兰民族最心酸的黏合剂

细雨天的清晨，细雨停了

阳光从树叶里，透射过来顽强的光芒

钟声被奏响，在古城里悠悠荡起，

历史就这样点滴被记录和保存下来

2013 年 9 月 22 日于波兰

漫步在塞纳河畔

从逼仄的空间溜出来
被自己遗弃的孤独驱使
我漫步在塞纳河畔

我漫步在塞纳河畔，没有熟人
沿着荣军院闪亮的圆顶
灵巧地躲避着，川流不息的行人
他们也躲避着我，远远的
雨后的青草等待我，蓝天高远

我漫步在塞纳河畔，没有朋友
河的对面是卢浮宫，蒙娜丽莎
离我很远，就像河水流向远方
我脱掉冲锋衣，远方的塔吊
吊起了来自古埃及的方尖塔

我漫步在塞纳河畔，没人认识
太阳照着圣保罗桥的金色雕像
熠熠生辉，刺痛了视网膜上的盲点
塞纳河上的游船，来来往往

书写比法兰西更为长久的历史

2014 年 2 月 9 日于巴黎

凡尔赛宫

你们看不见我，我是一股在太阳下
疾走的风，太阳没有留下我的影子
我从那些叫作岁月的大理石中穿过
它们被方方正正砌成最华丽的宫殿

我遇到了那些建筑师的灵魂
他们仍然在布置花园的春夏秋冬
水系构成一副巨大的十字架
谁是十字架上受难的耶稣

我遇到了那些历史学家的灵魂
他们孜孜以求大革命爆发的原因
迷失在花园中纵横交错的小径
再也没有从迷宫中走出

我遇到了路易十四的灵魂
他仍然固守在宫殿最中间的寝宫
镜廊无限制拉长，无边无际的世界
他到处与自己碰面，挡住他的脚步

你们看不见我，我是一股在太阳下

疾走的风，太阳没有留下我的影子

在巨大的历史喧嚣中，我寂静地走过

翻开的书本，仍然是几百年之前的页码

2014 年 2 月 9 日于巴黎

时
差

登埃菲尔铁塔

雨水，一直落下来
所有的事物都哭了
雨不会，哭

风，非常大
所有的东西都飞起来了
风不会，飞起来

没有埃菲尔铁塔的
巴黎夜景，不可思议
除非，登上埃菲尔铁塔

雨夜登埃菲尔铁塔
四周灯火辉煌
没有塔，没有自己

2014 年 2 月 10 日于巴黎

山的色彩

没有风，空气静止，阳光或寒冷静止
雪驻留在太阳找不到的地方，被践踏

那些红色、绿色、蓝色的铁皮屋顶
让一整个山坡的雪，鲜活灵动起来

山涧里，横跨着喝茶的坐台
蓝天和白桦树，撑起一片宁静的空间

一个红色的背包，一个静穆的男人蜷缩
成为摄影师镜头里的红色对焦点

山里简陋的餐厅，色彩被毕加索
随意涂抹在水台、坐台、墙上和屋顶

连砌墙的每一块石头都涂上不同的颜色
萧瑟冬天里，炉火最好也是五彩的

2014 年 2 月 16 日于德黑兰

登 山

向前看，不远处有座建筑
应该是餐厅，山顶很遥远
几个年轻人，弹着吉他，自弹自唱
一对情侣斜倚在不远处

绕过餐厅，不远处有幢房子
走过去，却空寂无人
溪水边，有一顶帐篷
听着溪流永远欢快地歌唱

小路从屋子和院子之间穿过
稍远一点，又有一个小屋
屋子前面似乎有块平地
一个行者蜷缩着，旁边是红色的包

哦，这是一个零售小店
店主殷勤地冲着我打招呼
几个当地的年轻人
开心地让我给他们拍合影

稍远处，又有一栋石屋

每一块石头都被涂上不同颜色
没有人住，旁边的残雪
在阳光下熠熠生辉

远处的拐角，彩色的屋顶闪现
泥泞的道路不断向前
一条大黄狗，被拴在路旁
警惕地盯着过往的行人

远处，还有一幢房屋
似乎是登顶前的最后一幢
如果走到，谁知道
又会出现怎样的奇迹

远处，其实已经不远了
山顶在召唤我，蓝天
打着旗语，我折转返回
捡拾一路攀登的惊奇

2014 年 2 月 16 日于德黑兰

时
差

汤　加

一

如果澳大利亚是这张餐桌
新西兰就是一张餐椅，而汤加
是小小的辣椒碟

八个外国人，围着春雨后
西湖边的一张餐桌
他们来自汤加，那小小的辣椒碟

他们也喜欢大碗喝酒，大块吃肉
面对黄酒，他们视死如归
然后笑逐颜开，等待啤酒的拯救

中国文化，琴棋书画
在餐桌中央，在四周墙上
静静看着

二

习惯了太平洋的巨涛大浪

他们诧异于西湖水的羞涩

习惯了太平洋的狂风骤雨
他们莫名于江南雨的若有若无

习惯了蔚蓝的海水一望无际
他们迷失在钢筋建筑的丛林

习惯了认识周围所有的人
他们被拥挤的陌生人包围

习惯于每一寸肌肤沐浴直射的阳光
他们无视料峭倒春寒

2014 年 3 月 19 日

希 瓦

太阳，把金色的光芒
通过旧城墙上的箭垛射向古城

古城苏醒，打开城门
打开每一间房屋的门

我的影子，也被钉在城墙上
留下片刻思维的碎片

太阳，每天粉刷一遍古城
用温暖的金黄色，粉饰历史

从唯一的口子，攀缘进入历史
又从同一个口子回到静谧的早晨

高高的宣礼塔，承接第一缕光芒
俯瞰整个古城的生命

拱起的每一个圆形，坟墓
家族的生命和荣誉穿越

2014 年 8 月 28 日

流浪狗

一

蹲着，趴着，或躺着
永远懒懒的状态
游弋，静立，或蹲坐
总是缓缓地动作
路边，路中，或角落
潜伏攻击的欲望

黑色，黄色，或斑点
一律脏兮兮的外表
忧郁，哀怨，或低沉
流露可怜的目光
一只，一只，又一只
细数自己的影子

二

它们是流浪狗，被主人抛弃
茕茕孑立，形影相吊
与人有距离，与猫也有距离

时
差

保持孤傲的头颅

它们是流浪狗，被城市收留
踽踽独行，形单影只
占据着城市的角落和夜晚
对入侵者，发动突然的攻击

2015 年 7 月 25 日于泰国曼谷初稿，7 月 29 日改

上帝的语言
——致霍金·斯蒂芬

第一眼就喜欢

因为上帝的语言

科学与艺术，上帝的语言

两种形态，结合在一起

用时间的酵母发酵成

无与伦比的爱情诗

诗，肯定是上帝的语言

直至，找不到一点诗意

地球有始有终

宇宙有始有终

时间有始有终

只有爱情，始终鲜活

像千年的木乃伊

默契的眼神和闪烁

契合的音乐与跳跃

眼珠转动敲出一部《时间简史》

上帝的语言叙说着

故事，用时间的坐标

时
差

黑洞从无到无
只为那一刹那的荣耀

霍金·斯蒂芬
史蒂夫·乔布斯——
上帝的语言遗漏一个
音符，缔造奇迹
生命的光辉，进入黑洞的无边无际
只有爱情和短暂
享配上帝的眷顾

2015 年 8 月 23 日

注：上海飞往伦敦的航班上，看电影《霍金·斯蒂芬》，记之。

时光尽头的恋人

你的时光驻留
女儿也苍老成你的祖母
一条又一条的宠物狗
加速世界的迭代

你的时光驻留
恋人的儿子又成为恋人
只有手上被缝制的伤痕
留下一段感情的驻点

你的时光驻留
不变的优雅和成熟
世界的雪雨风霜
靠 750 伏的电压轮回

刻骨铭心的爱情
用发黄的旧照片佐证
过于丰富的爱情
戛然而止在不告而别

鬓角的一撮白发

时
差

重新获得衰老的权力
启动驻留的光阴
追赶即将驶远的爱情

2015 年 8 月 23 日

注：从上海至伦敦的越洋航班上，看电影《时光尽头的恋人》，记之。

丹尼·柯林斯

我们总是幻想，即使在熟悉的卧室

当想象被吞噬，淹没自己设计的场景

我们总是操纵，最后控制自己

当历史被操纵，就想象未来也能玩弄

我们总是忘却，明明知道这是欺骗

当音乐被凝固，停滞了一整个世界

我们总是忏悔，细数过往的荒唐

当诱惑放在面前，又轻易沉溺其中

我们总是释放，挣脱名利的绳索

用夸张的行为，为与生俱来的爱正名

2015 年 8 月 23 日

注：在飞往伦敦的国际航班上，看电影《丹尼·柯林斯》，记之。

我跑着，在伦敦的街头

我跑着，在伦敦的街头，在历史的甬道
一段历史接着一段历史，直抵大英帝国的最鼎盛

我跑着，在伦敦的街头，细雨和秋风中
在帝国的心脏漫步，轻易进入国王不能进的茅屋

我跑着，在伦敦的街头，随处的纪念碑
黑色的庄严，记载两次世界大战的悲壮和胜利

我跑着，在伦敦的街头，教堂高耸的尖顶
悠长的钟声，回味着大不列颠光荣革命后伟大的妥协

我跑着，在伦敦的街头，大本钟和伦敦眼
独特的角度，两个世纪的标志沿着泰晤士河对望

我跑着，在伦敦的街头，
用丈量的脚步亲近伦敦的每一个角落

2015 年 8 月 26 日于伦敦

斯里兰卡

之一

印度洋上的珍珠
印度洋上的眼泪

珍珠和眼泪，是一部爱情剧的道具
眼泪是断了线的珍珠
虚构出妙龄少女和她的爱情

珍珠和眼泪，是一部战争剧的道具
历史是为了争夺珍珠战争的剧本
眼泪是输掉战争的贡品

之二

潮湿，躁动，欲望，都像一层雾，只看到模糊
什么东西都很快地生长，也很快地腐烂
一望无际的绿色，生命的沼泽地，又埋葬生命
动物都在奔跑着，跟随欲望追逐交配
蝉鸣声嘶力竭，向死亡和腐烂
植物都拔节生长，椰子树芭蕉树

时
差

整个世界充斥着腐烂的气息

建筑也一样，泥砖泥墙又腐烂成泥土

木头的框架，石头的建筑物都是废墟

雨季里，旱季里，水莲浮在水面

佛，长出来，腐烂掉，再长出来，变成永生

2016 年 2 月 10 日

注：在斯里兰卡，热带潮湿的感觉，突然让我觉得佛在菩提树上。

童话世界

童话世界
从尘埃驶出的小车，一辆玩具车
从过去的时光驶入你的眼帘

童话世界
城堡在一日建成，在一时荒芜
王子和公主从此过上幸福的日子

童话世界
时间没有刻度，可以挥霍
钱不是万能的，往往是没有用的

童话世界
相信神话相信传说相信《西游记》
相信孙悟空可以拯救世界

童话世界
在沙地里过家家的邻家小孩
中年夫妇十指相扣的手指

2016 年 2 月 11 日

注：昨日拍得一张照片，心中一动，似是童话世界，由之因出。

住在树上的艺人

在一个饭店的边上
有一棵大树，挨着小小水系
八个台阶，进入童话
世界，一个树上的小屋

用藤做成柱子，铺上木板
贴着年画和褪色的合影
窗边三根蘑菇形扶手
小木屋的屋顶飘着国旗

住在树上，吹着笛子
一只乌鸦是他的朋友
有人拍照，他吹得更加卖力
有人给小费，他双手合十
用流利的汉语致谢

当笛声停止
周围充斥着车水马龙

连空气都变得燥热

2016 年 2 月 12 日

注：今日吃中餐的饭店旁边树上有个木质小屋，小屋里住着一个艺人，他以吹笛为生，似与饭店共生，我写下的第一句话是"生活可以这样过"。

神的舞蹈

腰鼓是唯一的节奏
各种各样的腰鼓，快的和慢的节奏
一遍一遍地重复，神的仪式

舞蹈无须解释，这是神的旨意
戴上银器闪闪发亮的头盔
涂成红色的鸡冠图形帽子

舞蹈无须解释，这是神的色彩
铜环被注入神法，恶魔被驱逐
孔雀展现五彩斑斓的灵性

舞蹈无须解释，这是神的节日
扁盘在木棍上旋转平衡
无数勇士祈求大地保护神的护佑

2016 年 2 月 12 日

注：2 月 11 日在斯里兰卡康提观看传统舞蹈，记之。

佛　在

佛在，佛佑
佛在斯里兰卡

佛在斯里兰卡的每个村庄中
佛在斯里兰卡的每棵菩提树上

佛在踩着腰鼓节奏的舞蹈里
佛在绿色海洋中冉冉升起的炊烟里

佛在狮子山的镜壁和壁画里
佛在丹布勒石窟雕刻的佛像里

佛在红色和白色的花瓣里
佛在右手腕上被祈福的白线里

佛在盘蜷的眼镜蛇和盘旋的鹰里
佛在嬉戏的猴子和归巢的乌鸦里

佛在海啸过来残破的建筑物里
佛在一座又一座失落的城市里

时
差

佛在斯里兰卡
佛在，佛佑

2016 年 2 月 15 日

注：佛教是斯里兰卡的国教，以前写过一首《每一个村庄都有一棵大树》，在斯里兰
卡可以写，每一个村庄都有一个佛。

佛　像

佛的仪态圆润威严

俯瞰众生生老病死爱恨情仇

佛的眼睛洞察一切

让人不忍直视，不见佛的影

佛的嘴角微微翘起

似笑非笑抿嘴不语人间百相

佛的手势亘古不变

命运却在烟火和战火中循环

佛的衣袂迎风欲飘

石窟壁上的飞天是佛的舞姿

佛在菩提树下端坐

印证已经被印证的禅语诵经

佛在每个村口落户

庇护进入或离开村庄的人们

2016 年 2 月 16 日

蒙古行

鹰

连绵的山峰，藏着巍峨
鹰在阴影里歇着，收着翅膀
我成为它眼里，逼近的目标

鹰展开翅膀，便是
君临天下的气势，盘旋
我远远避开，翅膀掠过的锋芒

蟋蟀

异乡人在草原上漫步
连绵起伏的野草，漫过膝盖

红色蟋蟀，朗诵着对草原的
赞美诗，热烈而绵长

无数蟋蟀飞起，旋即落下
抗议异乡人的侵扰

2017 年 1 月 8 日于蒙古

异 乡

异乡的天空
星星稠密得失去方向
北极星在山脊上，长出北方

异乡的沙漠
曲曲弯弯地伸进草原
黄色的纱巾飘逸，爱的信物

异乡的大河
孕育出城市，生机勃勃
每一条街道，流着英雄的血

2017 年 1 月 15 日于蒙古

哈格帕特修道院

岁月和苦难被融入石头
先灵的墓碑，被踩在脚底
墓碑下面是石头棺椁吗
陶瓮也被埋在地下
用来保存这个民族的苦难

流尽最后一滴血的基督
在十字架上救赎了所有人
旁边有两只燕子筑巢
一只燕子，飞进又飞出
它知道这里已经有千年历史吗

从中心天顶射下一束光
让我沐浴在神的启示中
漆黑被破坏的石板前面有烛海
一个六七岁的女孩虔诚点亮
她没有疑问，只是接受命运

教堂外，是一个花园
一个二战烈士的纪念碑
虚化的背景中，有一对老年夫妇

时
差

应该比纪念碑上的男孩年轻
他们都比这个民族的历史年轻

2023 年 8 月 13 日于亚美尼亚

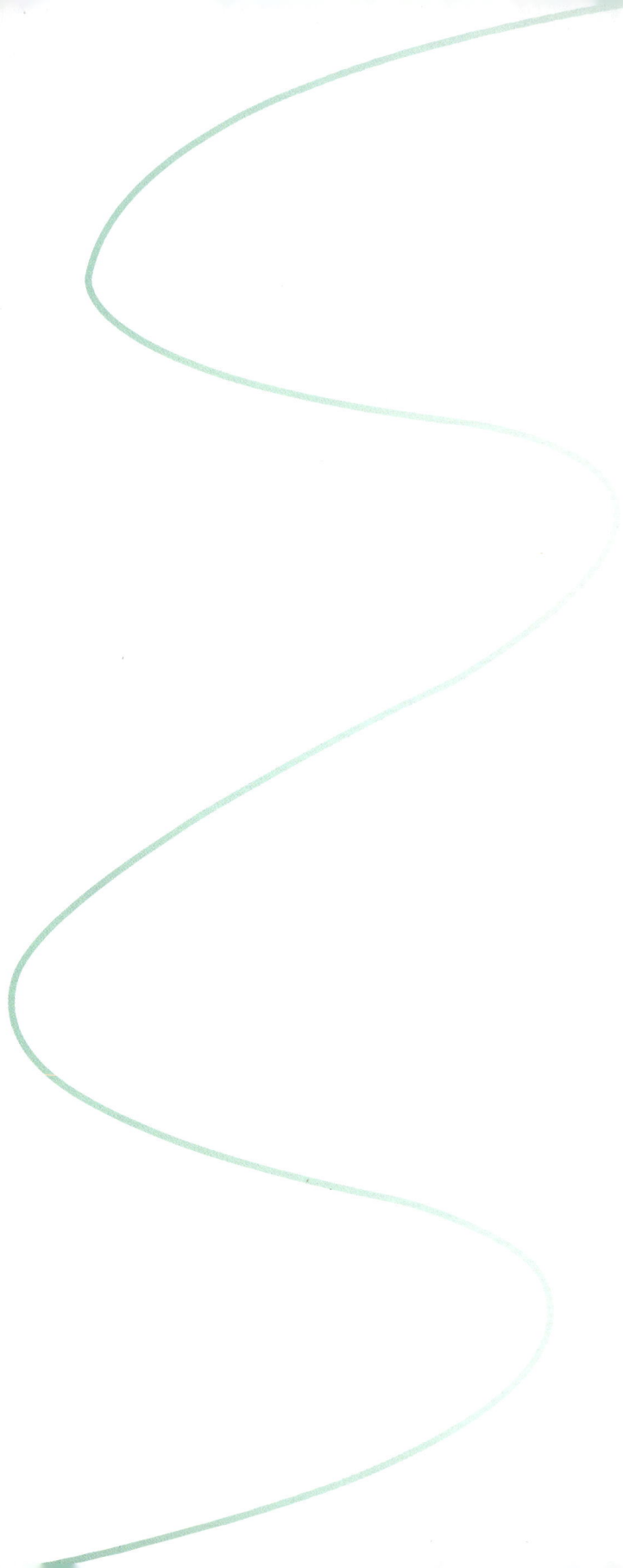

让我们出发，去北极

让我们出发，去远方
想象远方，有诗和梦想
从凡夫俗子，到雅士风流
秋分之日，便是切换之时

让我们出发，去北欧
想象北欧，有童话和安详
从燥热夏日，到金黄秋色
北欧的幸福指数和纬度一样高

让我们出发，去北极
想象北极，有纯洁和宁静
从满目青翠，到千里洁白
据说北极连高空气流都很平稳

让我们出发，去北极
让我们出发，去远方

2017 年 9 月 23 日出发去北极之前

秋 分

今天是秋分
太阳整日都在赤道上
地球上的每个地方
白昼和黑夜一样长

在北极点，秋分
从极昼到极夜的转换之日
我很难想象，从整日的
太阳高悬，到整日的
暗无天日，是怎么发生的

就像生命的闪电，是怎么
突然出现在海里
宇宙的奥秘，藏在
两个极点的昼夜转换中

2017 年 9 月 23 日出发去北极前

时钟和罗盘

时钟和罗盘
是读书会的名字
一天读一本书
领读人李翔，他没有
去过北极，肯定

在北极，罗盘没有用
北极星和太阳的轨迹
像一个谜的黑洞
所有的方向，只剩下
南方

在北极，时钟会不准
日出而作，日落而息
如此的田园生活
是半年的工作狂，加上
半年的猫冬

2017 年 9 月 23 日匆匆写于上海浦东机场

北极点

要是在北极点有个车站

列车车头指向南方

车尾也指向南方

从南方呼啸而来

又向南方风驰电掣而去

时刻表是个难题

而时区与时区

不过是一袋烟的工夫

要是在北极点有所学校

有个动物园，或有个医院

畅想一下，会发生什么？

北极点，消纳了规则

创造了新规则

在一片蔚蓝中创造蓝海

2017 年 9 月 24 日于上海浦东飞往巴黎的飞机上

哈尔格林姆斯大教堂

火山喷发而出的玄武岩
入海，冷却形成定海神针
柱状，是完美的几何

柱状玄武岩的构思
如一架正态分布的管风琴
粗犷直率的音乐，绕梁三日

哈尔格林姆斯教堂的设计
好像一枚信仰的火箭
射穿满目的金黄，通向天堂

这是城市最高的建筑
晚霞也披上粉红的霓裳
衬托你的风姿卓绝

而城市点缀童话的色彩
在每一条街道的两旁
在每一栋小楼的屋顶

2017 年 9 月 24 日于冰岛雷克雅末克

我整夜睡在北冰洋的波涛上

我整夜漂在海上
我整夜摇在丹麦海峡上
我整夜晃在驶向北极的北冰洋上
我整夜睡在北冰洋的波涛上
第一次，一切都是第一次

当我还是胎儿的时候
我漂浮在母亲子宫的羊水里
熟悉母亲心跳的频率
呼吸的节奏，还有周遭的声音

今夜重新躺在地球的羊水里
听着低层的发动机韵律
夹杂着船舱里物件扭曲的杂音
让身体适应着船体晃动

晕船，是丈量频差的指标
我努力尝试让身体的摇晃
去适应波涛的节奏，形成共振
想象自己回到母亲的怀中
徜徉在无边无际的海洋

当光线刺破黑暗

一个全新的世界

一个全新的我

2017 年 9 月 26 日凌晨三点于 Plancius 科考船上

生活就是奇遇
——探险队队长卡提亚博士

对于华立而言

生日就是奇缘，47 年

我们相聚在北极圈内，北纬 70 度

我们相聚在冲锋舟上，零下 5 度

我们在科考船上包饺子，28 盘

我们在北冰洋上探讨商业模式，100 年

对于卡提亚博士来说

生活就是奇遇，一辈子的努力

大气化学博士变成神奇的传说，20 年

在南极科考站研究科研，12 年

钻取冰芯，取冰的样本，12 万年前

滑雪穿越斯瓦尔巴，220 千米

对于北极来讲

生命就是奇迹，从时空的诞生

火山喷发形成的玄武岩，5500 万年

冰川断裂的冰块，1 万年

冬季严酷的温度，零下 50 度

北极熊奔跑的速度，40 千米每小时

让我们感激奇缘

让我们珍惜奇遇

让我们敬畏奇迹

2017 年 9 月 28 日凌晨

冰海巡游

因为喜爱北极，我们登艇巡游
因为惧怕寒冷，我们全副武装

冰山仿佛北冰洋卫士，巍峨峻峭
浮冰犹如睡莲般盛开，婀娜妖娆

火山玄武岩泼墨山水画
万年冰块呈现晶莹心形

咬一块万年冰，甘怡如初
吞一口无根雪，清冽似泉

2017 年 9 月 28 日清晨于格陵兰岛

北极冬泳

扒了衣服
让裸露的皮肤接受
北极风的锤炼

扑进水里
让并不强壮的身体拥抱
北冰洋的洗礼

以秒计的刺激
手指头变僵
浑身如针刺，酥麻

上岸后，身体渐渐发热
在冰雪上跑几步
做几个俯卧撑

明天是国庆
展开的五星红旗
为北冰洋涂上一抹红色

2017 年 10 月 2 日完稿

冰 山

断裂，坠崖
这是你的宿命
千年修炼开始漂泊

从无色到白色
修炼至万年
方透出隐隐蓝色

有弧线如神来之笔
有玲珑如园林山石
有柱状如卫兵列队

空中，有海鸥掠过
水中，有海豹探头
静美处，荡开涟漪

2017 年 10 月 2 日补记

冰岛一号公路

一号公路，冰岛的动脉
用苔原和野花记录节气
用冰川和火山岩刻蚀性格

雾是常客，漫步在山脊
偶尔溜到公路上，像
路途上迷失的羊群

每一条蔚蓝的河，泛出浪花
滋养着生命在两岸盛开
经历极昼极夜的轮转

古民居点，石头垒成的房屋
上面盖着草甸，在北风里
孕育原始生活的坚韧

火山岩覆盖厚厚的苔藓
千年之前，它曾爆发过
不知下次，什么时候醒来

这里有火的遗迹和力量

这里有冰的消融与轮换

这里是冰与火的土地

2017 年 10 月 3 日匆匆完成于卑尔根

卑尔根

把一幅画搬到卑尔根
把一段历史搬到了卑尔根
多雨的季节，洗涤
已经纯净透明的空气

七座山，围绕着城市
想象越野的狂欢节
跑遍七个山头，跑遍卑尔根
崎岖不平的街道

城市很小，鳕鱼很小
布吕根码头的露天鱼市场
已经存在一千年，拉索缆车
做了一百年的背景

下雨天，最合适的就是
躲在一个咖啡馆
看路上的雨，慢慢地下
想象已经下了一千年的样子

2017 年 10 月 4 日匆匆记于挪威途中

博尔贡木板教堂

挪威的森林，维京船的龙头造型
揉进罗马石头的语言，构建
独一无二的木板教堂

八百年的历史，你
一直这样伫立着，缄默着
在松恩峡湾，承接上帝的庇护

你的黑色一层又一层
涂抹，周遭的墓地的
墓碑，如春天的花
一年一年地开放

2017 年 10 月 4 日匆匆记于挪威行程中

挪威峡湾

峡湾是峡谷和海湾的组合
风景却是美丽叠加美丽

雪山、云、雾和瀑布
白色精灵出没在人间仙境

海水是墨色的，像玄武岩
倒影，只有草地绿得发翠

在纯色之间，桦树林斑斓
苔原间杂火山岩的岁月与斑驳

只有色彩艳丽的小屋，停留
在峡湾两岸，像上帝的蝴蝶

2017 年 10 月 5 日匆匆记于挪威旅途中

挪威的雨

雨，是无根的水在流浪
旅行者，在无根地漂泊
从一个峡湾到另一个峡湾
从一场童话到另一场童话
从一场雨到另一场雨

山妖被连绵不断的雨
泡成喀纳斯的水怪
金鱼，只有七秒钟的记忆
一千年维京海盗的历史
被洗涤成冰冷潮湿的故事

旅行者开始思念
家里粗糙和温暖的生活
即使秋老虎的余威
也胜过挪威雨天的浸泡
即使小店的片儿川
也胜过精致的挪威大餐

2017 年 10 月 6 日匆匆于克里斯蒂安松

63 号公路

老鹰确定有，所以叫老鹰之路
精灵不存在，仍然叫精灵之路

如果雪山只有一座，它将得到欢呼和仰视
如果每个转角都是雪山迎接，你居然无视

有雪山，有绝壁，就有瀑布
有老鹰，有山妖，才有故事

当雪线覆盖了最高的公路
当瀑布凝结成冰雕，无言的美丽

岩壁上的玛尼堆，标记山妖的地盘
冬天，这里是老鹰和山妖的世界

2017 年 10 月 5 日匆匆于挪威 63 号公路

64 号公路

是山延伸到海里
还是海蔓延到山里
七个小岛和一段公路
历史和现实纠结在一起

桥，仅仅拐了个弯
变成上天的路
历史，在这里打了个结
从维京海盗到二战炮台

飞翔的海燕和海鸥
一直穿梭在风里和浪里
无论有没有桥
无论是历史的哪个驻点

2017 年 10 月 6 日匆匆于克里斯蒂安松

后记

时差，人生永远的命题

一

每次出诗集，取书名总会是一个难题，毕竟是先有一首一首的诗，然后才有诗集，最后才会想到用什么样的书名。

这是我的第四本诗集，第一本《礼物》，书名很符合当时的心境，是生活给我的礼物；第二本《灌木丛的时代》，特别隆重，首选作家出版社，书名到今天，我仍然很喜欢——做这个丰盛社会中的一株灌木，有自己的生命和色彩，并不需要光芒四射；第三本《岁月的坚果》，在浙江文艺出版社出版，中规中矩的书名，有一些沉淀但没有真正的通透；这次第四本诗集，选择了长江文艺出版社出版，取名为《时差》，是在2016年集结整理时所取的名字，距今已经过去快八年了，这次重新整理最近几年的作品，让诗集变得更丰满一些，当目光落在书名上，思来想去，也没有找到比"时差"更好的书名了。

"时差"也是诗集中一首诗的名字。现在用这个书名，和八年之前用这个书名的意境也是不同了。

上次用AI软件以"时差"为名作画，用了科技和未来画风，画作中，中轴线两边是两个世界两个恋人，还有地球和很多个指示不同时间的时钟，我挺喜欢。《时差》这个题目，最核心的就是差异和不同，如何面对这些差异和不同，是我们一辈子的课题。

二

年少的时候，我们大约可以用很开放的态度去面对世界，接收这个世界发送出来的不同频谱，在历史和文化的底色上面，又覆盖一层又一层的科学和现代的色彩。

突然有一天，我们开始有了自己的思维和情感的框架，我们对这个世界开始有了自己的评价和判断，我们开始对差异和不同非常敏感，我们开始追逐我们认为最好的，我们期待成功与和谐；我们开始指责我们认为不对的，我们逃避失败和冲突。

这个可以被理解为八年之前，我取《时差》这个书名的含义，当时我也很困惑，我们如何确定我们的评价和判断是对的呢？

这几年我又经历了不少事情，特别是2021年以来的三年，三年三个主题词，2021年是浙大，2022年是领修，2023年是伟事达。我的身份也发生了很大变化，从企业家和职业经理人转变为赋能者和陪伴者。这几年诗写得不多，但心境和意境都发生了很大的变化。

突然有一天，我开始完全接纳这些差别和不同。当然这个突然，其实是在经历了很长时间的自我觉察和自我修炼之后，我能够更加通透地接纳这一切的差异和不同，这才形成了我丰富多彩的世界。

三

过了六七年，要不要重新捡起来，把这本诗集编辑出版？我也有过纠结。最近几年的作品不是太多，每年大约有个十多首。再出版一本诗集，似乎也没有出版前几本诗集时的兴奋和期待。

原来在企业做总裁，会有助手帮助自己整理作品，进行外部联系和接洽，我花在诗集编辑和出版的时间和精力都比较少，而这次整理、对接工作主要靠自己，反而需要花更多的时间。

当一个人慢慢重新读一首一首诗，重新回观自身的点滴经历和心路历程，那些细微的感情会重新拨动自己的心弦。那些场景，又如此清晰地浮现在我的面前，那些色彩、那些触感、那些声音都一下涌现出来，就像重新置身于那个"当下"，而对我自己而言，用一首诗记录的那个"当下"，虽然只有十多行，但肯定比一帧千万像素的照片更能感动自己。

所以决定，还是要把这些诗句和文字结集出版，并且去找最好的出版社。我大学时就曾经想过在长江文艺出版社出版自己的诗集，这次也算是梦想成真。

《岁月的坚果》，邀请了像黄亚洲老师和龚学敏老师这样的大咖来写序；而《时差》这本书，邀请了诗人三色堇老师写序，在此致谢！有机会读到这本诗集的人，都是有缘伙伴。

四

每个人在每个时期都有自己的课题，一会儿做加法，一会儿做减法。

2021年我面临人生的重大转型，可以理解为，从那个当下长出了新的生命，自此，用不同的意义使命去构建未来，用"心"去面对每一个缘分。

当我们把手摊开的时候，世界就在你的手上，未来也在你的手上。

现在事情慢慢多起来，充斥了每一天的分分秒秒，使得我又觉得应该做减法了。做减法还是做加法，可以理性分析，也可以感性决定；可以用脑子分析，但更重要的是用心决定。

而写作，是唯一可以让我做加法的习惯，甚至我会把每天阅读的时间减少一些，转向写作和输出。

写诗，作为写作的一部分，我也会重新培养习惯，虽然是自得其乐，但不会有"时差"，是忠诚地记录当下。

不确定还会不会再出版诗集，但这个已经不重要了。

郭峻峰

2024年2月27日